W0417513

AMÉLIA, UN CŒUR EN EXIL

Marie-Bernadette Dupuy est née et vit en Charente. Écrivaine aux multiples talents, elle aborde avec un immense succès les genres les plus variés : biographies historiques, grandes sagas familiales, policiers, romances. Son œuvre, traduite jusqu'en Russie, lui a permis de conquérir le cœur de très nombreux lecteurs et de devenir la reine française de la saga.

MARIE-BERNADETTE DUPUY

Amélia, un cœur en exil

ROMAN

CALMANN-LÉVY

© Calmann-Lévy, 2017.
ISBN : 978-2-253-07438-0 – 1re publication LGF

Chers amis lecteurs, je tenais à partager avec vous, en cette période de fêtes, de douces pages de romantisme, nuancées d'un brin d'histoire et de beaucoup d'amour. C'est mon cadeau de Noël.

Aussi j'espère que ce petit livre vous apportera un agréable moment de rêve, d'évasion, sur les traces d'Amélia, dont le destin est bouleversé par l'impératrice Élisabeth d'Autriche, ma chère Sissi, à qui je dois mes premiers pas dans le domaine de l'écriture…

Avec toute mon affection,

Marie-Bernadette DUPUY

Note de l'auteure

J'étais alors une fillette de quatre ou cinq ans lorsqu'une photographie me tomba entre les mains. Je ne sais pas d'où elle venait. C'était un petit carré noir et blanc, représentant un splendide visage de conte de fées, aux très longs cheveux tressés, parsemés d'étoiles. Ce modeste morceau de papier devint mon trésor, une sorte de talisman.

J'ai su plus tard qu'il s'agissait d'un portrait de Sissi, la belle impératrice d'Autriche au destin tragique.

Ma fascination pour ce personnage légendaire date de mon enfance et j'oserais dire que ce n'est un secret pour personne.

J'ai voulu lui rendre encore une fois un discret hommage, en imaginant l'itinéraire amoureux d'une jeune baronne de la cour impériale, Amélia, l'héroïne de mon roman.

Sissi, pleine de compassion pour la jolie demoiselle de compagnie de sa fille Marie-Valérie, l'aide à fuir Vienne et la confie à de riches propriétaires viticoles, dans la région de la Charente. Au fil des pages se noue et se dénoue un écheveau de sentiments amoureux, avec en toile de fond le doux pays des vignes.

J'espère que mes lectrices et mes lecteurs sauront apprécier ce voyage au XIXe siècle, sur les pas légers d'Amélia et sous l'aile de la belle Sissi, dépeinte ici dans les années les plus sombres de son existence. Pour ce livre, je me suis aussi inspirée de faits authentiques.

1

L'adieu au fiancé

Cimetière de Vienne, lundi 12 mars 1888

Amélia von Fairlik ne parvenait pas à s'éloigner de la tombe que narcisses, jonquilles et roses de serre fleurissaient en abondance. Elle aurait voulu se coucher au pied du monument en pierre grise et mourir là.

— Venez, mon enfant, fit une voix douce.

— Un instant encore, madame, juste un instant…

Un sanglot discret lui répondit. Apitoyée, Amélia se retourna et prit le bras d'une femme en grand deuil, dont le visage était dissimulé par un voile noir. C'était Carlotta, la mère de son fiancé, Karl, arraché aux siens de façon brutale quatre jours auparavant.

— Pourquoi est-il mort, pourquoi ? interrogea tout bas Amélia.

— Notre Seigneur en a décidé ainsi, ma chère enfant, nous n'avons plus qu'à prier pour son âme. Vous avez entendu le docteur comme moi, rien ne laissait prévoir que mon fils bien-aimé avait le cœur aussi fragile.

Amélia jeta un regard éperdu au ciel d'un bleu tendre. L'air était doux, printanier, ce qui rendait plus cruelle encore la mort de Karl.

« Je t'aimais tellement, songea-t-elle. Si Dieu a voulu nous punir d'avoir commis le péché de chair avant notre mariage, il aurait dû me prendre moi, pas toi... »

— Comptez-vous toujours entrer au couvent, Amélia ? demanda Carlotta d'un ton résigné.

— Je ne sais pas encore. L'impératrice estime que je me suis prononcée à la hâte sur ce point, parce que j'étais désespérée. Mais je n'aurai pas le courage d'assumer mes fonctions à la cour dans les semaines à venir.

Des larmes trop longtemps retenues coulèrent sur son visage d'une finesse exquise, à l'ovale digne d'une madone. Brune, de beaux yeux de velours noir, les lèvres d'un rose délicat, la baronne von Fairlik possédait un charme particulier, dû à sa voix basse, suave, à son sourire enjôleur.

— Sa Majesté ne vous empêchera pas de consacrer votre vie à Dieu, même si elle a beaucoup d'affection pour vous, répondit Carlotta après un silence songeur.

Amélia fut prise d'un vertige. Tout était arrivé si vite. Il avait suffi d'une dizaine de minutes pour rompre le fil doré de ses plus tendres espérances.

Elle était en train de broder avec les autres dames de la cour, quand on est venu lui annoncer que Karl avait succombé à une crise cardiaque. « Karl, mon cher amour, Karl… C'est à toi que je voulais consacrer ma vie », se répétait-elle, en proie à une telle torture que ses jambes en tremblaient.

Dans un brouillard de chagrin, elle suivit cependant la mère de son fiancé, qui s'appuyait à son bras. Devant les deux femmes éplorées marchait le parrain d'Amélia, un respectable vieillard dont la mémoire se montrait défaillante.

« Je suis seule au monde, désormais ! » songea la jeune baronne.

Le destin semblait décidé à l'accabler, et cela depuis des années. Sa mère était morte trois ans après sa naissance, sans lui avoir donné de frère ni de sœur. Son père, soldat dans la Garde impériale, l'avait confiée à une institution religieuse. Et ce père rarement présent, si peu enclin à l'affection, était mort lui aussi, deux ans plus tôt. Devenue orpheline et sans grande fortune, Amélia von Fairlik avait eu la chance d'attirer l'attention et la compassion de l'impératrice Élisabeth d'Autriche.

« Oui, grâce à l'extrême bonté de Sa Majesté, j'ai pu trouver ma place à la cour, au service de sa fille bien-aimée qui a mon âge, vingt ans... », pensait Amélia afin de se réconforter.

Marie-Valérie[1], fiancée à l'archiduc François-Salvator de Habsbourg-Toscane, avait très vite apprécié cette ravissante demoiselle de compagnie, aux manières gracieuses et à l'excellente éducation.

— Prenez le temps de faire votre deuil, ma chère Amélia, lui avait-elle dit la veille en lui étreignant gentiment les mains. Mais ne nous quittez pas...

Maintenant, derrière sa voilette noire, rongée par la douleur, Amélia désespérait de retrouver goût à la vie, car en perdant Karl elle avait tout

1. Marie-Valérie de Habsbourg, dernier enfant de la célèbre Sissi, née en 1868 en Hongrie, archiduchesse d'Autriche et princesse de Hongrie.

perdu : son honneur, la promesse d'un foyer paisible, d'une belle-famille aimante.

« J'irai au couvent ! se dit-elle en se signant d'un geste discret. Le monde ne m'intéresse plus. »

*

Palais de la Hofburg, mardi 27 mars 1888

Deux semaines s'étaient écoulées. Confinée dans ses appartements, Amélia avait beaucoup pleuré et prié, incapable d'accepter la mort de son fiancé. Mais depuis trois jours, son chagrin s'était changé en une peur insidieuse, qui la plongeait dans une sorte de cauchemar permanent.

Ce soir-là, assise près de sa fenêtre, elle tournait entre ses doigts un mouchoir imprégné d'eau de Cologne, dont le parfum l'aidait à surmonter les nausées.

« Je suis enceinte ! se répétait-elle, abasourdie. Il n'y a plus de doute possible. »

La jeune baronne avait d'abord mis sur le compte du choc émotionnel le retard de ses périodes, puis, sujette à des dégoûts subits, à des étourdissements, elle avait dû affronter l'évidence. Dans son corps meurtri par le deuil se nichait un être minuscule, l'enfant de Karl.

— Seigneur, pardonnez-moi ! implora-t-elle tout bas. Seigneur, que vais-je devenir ?

Amélia se sentait au bord d'un effroyable abîme. En larmes, livide, elle jetait des regards affolés sur le décor qui l'entourait et qui lui serait bientôt interdit.

« Je n'ai plus qu'à mourir moi aussi ! se dit-elle soudain. Mais pas ici... Si je me noie dans le Danube, on pensera que je n'ai pas supporté la perte de mon fiancé, personne ne saura que nous nous sommes aimés, que j'attends un bébé, notre bébé... »

Un affreux sanglot lui échappa. Elle revit Karl, auréolé de boucles blondes, qui l'embrassait, l'enlaçait, la suppliait de s'offrir à lui, car la date de leur mariage approchait. D'une nature passionnée sous ses airs sages, Amélia avait cédé, éblouie par la mystérieuse communion du plaisir, de l'amour partagé.

Suffoquée par une douleur morale insoutenable, la jeune femme n'entendit pas frapper à sa porte. Il fallut deux coups plus forts pour la faire réagir.

— Entrez, dit-elle en s'empressant de tamponner ses joues humides.

Une silhouette féminine apparut. Elle reconnut Ida Ferenczy, la dame de compagnie de l'impératrice.

— Son Altesse désire vous voir, baronne.

Désemparée, Amélia se leva, s'inclina pour une révérence hésitante. L'instant suivant, elle perçut le bruissement d'une robe, l'écho ténu d'une conversation chuchotée.

— Ma chère enfant, je m'inquiétais de vous, fit une voix douce, feutrée, reconnaissable entre toutes.

Ida Ferenczy se retira dans la plus grande discrétion, tandis que l'impératrice s'avançait, toute vêtue de noir, sa superbe chevelure auburn nattée. Le temps n'avait guère de prise sur sa légendaire beauté. Pareil à un artiste respectueux d'un modèle d'exception, il avait sublimé ses traits, sans altérer la grâce de son port de tête, le dessin parfait de sa bouche, de ses pommettes. De toute sa personne se dégageait une souveraineté innée.

— Majesté…

— Amélia, je m'inquiétais de vous, Marie-Valérie aussi. Je sais à quel point vous souffrez, mais il vous faudra bientôt réapparaître à la cour, malgré votre douleur.

— Majesté, je vous remercie infiniment de votre visite, déclara la jeune femme, très émue. Je ne mérite pas autant de bonté, non, vraiment, j'en suis indigne…

Amélia considéra avec une expression égarée le beau visage de l'impératrice, empreint d'une profonde mélancolie. Dans son regard sombre se lisait une tristesse poignante.

— Pardonnez-moi, Majesté, dit-elle enfin.

— Que devrais-je vous pardonner ? Votre idée de prendre le voile, qui désole ma fille chérie ?

— Majesté, je ne peux ni rester à la cour ni entrer au couvent, avoua-t-elle. Et je voudrais mourir, car toute vie honorable est désormais impossible pour moi, comprenez-vous ? J'ignore vers qui me tourner dans ma situation, confessa Amélia en posant instinctivement une main sur son ventre.

Les mots lui avaient échappé, comme s'il était impossible de taire la vérité à l'unique personne susceptible de l'absoudre.

— Je crois comprendre, répondit l'impératrice. Disons que la jeune Sissi de Possenhofen croit vous comprendre… Amélia, vous avez suivi votre cœur, vous avez oublié le poids des convenances, le joug d'une éducation sévère, sans une mère pour vous chérir, vous conseiller. Je n'ai pas à vous juger. Mais mourir à votre âge, non, ce serait là le seul péché à mon sens. L'enfant que vous portez doit vous donner tous les courages. Chère petite, je vais vous aider, je vous en prie, ne pleurez plus…

— Merci, Majesté, merci, sanglota Amélia.

Elle se mit à genoux et embrassa avec respect la main de sa souveraine.

— Relevez-vous, Amélia. Nous sommes seules, autant se débarrasser de nos masques, de nos rôles respectifs, lui dit doucement l'impératrice.

— Bien, Majesté.

— La tragédie qui vous a frappée a réveillé en moi un pénible souvenir, celui du premier deuil qui a brisé mon cœur. J'avais quatorze ans et j'aimais un garçon à peine plus âgé que moi, Richard, un des écuyers de mon père. Il ne pouvait prétendre m'épouser, étant de petite noblesse, mais je rêvais d'être sa femme, je l'aimais vraiment, Amélia. Hélas, il est mort de la tuberculose. J'étais inconsolable, je n'ai pas compris la cruauté du sort, la disparition d'un être jeune qui croyait commencer à vivre…

La baronne approuva d'un signe de tête, les yeux brillants de larmes, bouleversée.

L'impératrice fixait la flamme d'une lampe à pétrole, une esquisse de sourire sur ses lèvres pâles.

— Oui, je tiens à vous aider, chère petite, car j'ai lu en vous une souffrance affreuse. Vous allez quitter l'Autriche, le bébé que vous portez doit vivre, en mémoire de ma petite Sophie. Si vous saviez la douleur atroce que l'on ressent devant le corps de son enfant… Je me sens toujours coupable de l'avoir emmenée en Hongrie, elle avait deux ans. Et ma belle-mère[1] me répétait que j'avais tué ma fille.

Amélia, au bout de trois ans à la cour, avait entendu bien des choses et elle connaissait les malheurs de sa souveraine.

Sa Majesté était tombée malade. La naissance de Rodolphe l'avait tant affaiblie. On disait que l'empereur lui était infidèle, renouant avec les comtesses volages qu'il fréquentait avant leurs noces.

— Nous sommes peut-être une lignée maudite, nous, les Wittelsbach, reprit l'impératrice. Quand je pense à Louis, mon cousin bien-aimé… Enfin, ce soir, je songerai à vous,

1. L'archiduchesse Sophie, mère de François-Joseph Ier.

Amélia. Je dors si peu. Demain matin, j'aurai trouvé comment vous protéger, vous sauver. Ne perdez pas espoir…

— Je vous le promets, Majesté.

*

Paris, dimanche 8 avril 1888

Le fiacre longeait les quais de la Seine, fort animés en ce début d'après-midi. Une péniche descendait le fleuve aux eaux miroitantes sous le soleil printanier. Amélia découvrait Paris, après un interminable trajet en train, chaperonnée par une des dames de compagnie de l'impératrice, la comtesse Marie Festetics, hongroise, comme Ida Ferenczy.

— Quel est ce monument, comtesse, sur la rive voisine ? demanda la jeune femme.

— Le palais du Louvre, baronne. Les rois de France y résidaient jadis. L'hôtel où nous descendons, rue de Rivoli, n'en est guère éloigné. Le Meurice[1] est un établissement de grande qualité où toute la noblesse européenne séjourne.

1. Un des premiers palaces parisiens, ouvert en 1835.

— Je me sens dépaysée, vraiment, reconnut Amélia. Il y a tant de choses à voir.

— Sa Majesté m'a bien recommandé de vous distraire, baronne, de vous montrer les beautés et les curiosités de la capitale française. Nous irons en promenade dans le jardin des Tuileries et nous pourrons admirer la fameuse tour en acier que M. Gustave Eiffel construit. Ce sera l'attraction principale de l'Exposition universelle, l'année prochaine.

Amélia approuva d'un faible sourire. Elle aurait tant aimé avoir Karl à ses côtés, partager avec lui chaque instant de ce périple inattendu.

— L'impératrice m'a témoigné une extrême bonté, dit-elle tout bas, au bord des larmes. J'ai l'impression de recevoir une récompense alors que je me suis si mal conduite…

Marie Festetics lui lança un regard perplexe, plein de bienveillance néanmoins.

— Baronne, vouliez-vous réellement mourir ? interrogea-t-elle à mi-voix.

— Oui. Je ne voyais pas d'autre issue. Le soir béni où Sa Majesté m'a rendu visite, je m'imaginais courant vers le Danube pour me noyer et laver ainsi ma faute. Ne plus souffrir, ne plus avoir peur.

— Vous nous auriez causé une terrible peine. Dieu merci, vous êtes là, près de moi, bien vivante. N'ayez aucune crainte, Son Altesse a jugé bon de vous envoyer chez des amis sûrs, où vous trouverez asile et réconfort. Souvent, les voyages apaisent la cruauté d'un deuil, grâce à la diversité des paysages, à de nouveaux horizons. L'esprit se nourrit de la nouveauté et la souffrance se fait moins pesante.

— Je vous l'accorde, comtesse, et je vous remercie encore une fois de m'avoir accompagnée.

Sur ces mots, Amélia se plongea dans la contemplation de la ville, l'observation des badauds qui marchaient d'un pas vif ou flânaient à l'ombre des arbres. Des jeunes femmes en toilette claire agitaient leur ombrelle, rieuses, insouciantes.

«Je dois être forte, ne plus m'apitoyer sur mon sort, murmura-t-elle dans le secret de son cœur meurtri. L'impératrice m'a sauvée du déshonneur. Elle a fait preuve d'une générosité inouïe en me permettant de fuir Vienne. Jamais je n'oublierai ce que je lui dois.»

Une chaude et respectueuse vague d'amour submergea la baronne Amélia von Fairlik à l'évocation de sa souveraine.

« Comme la petite Sissi de Possenhofen a souffert ! songea-t-elle. Je pleure mon fiancé, mais Sa Majesté a perdu sa première-née, Sophie, à l'âge le plus tendre. Je sais qu'elle a été très marquée, aussi, par le décès atroce de sa cousine Mathilde, morte des suites de terribles brûlures, parce qu'elle a caché la cigarette qu'elle fumait derrière son dos. Sa robe, enduite de glycérine, s'est embrasée. Et, il y a deux ans, son bien-aimé cousin, le roi Louis II de Bavière, a été retrouvé noyé dans le lac de Starnberg. »

Avant ce jour, jamais Amélia n'aurait osé penser avec tant de tendresse et de familiarité à l'impératrice. Loin de l'Autriche, la jeune femme se rêvait l'amie de la radieuse Élisabeth de Wittelsbach, mariée à seize ans et demi à l'empereur François-Joseph. Elle se plaisait même à user du surnom que s'était donné celle-ci en sa présence, « la petite Sissi de Possenhofen », et à l'imaginer à cheval, au grand galop, ses superbes cheveux volant au vent de la course.

Marie-Valérie lui avait raconté quelques anecdotes sur la jeunesse de sa mère et sur les fantaisies de son grand-père bavarois, le duc Maximilien. Très complices, passionnés tous deux d'équitation, épris d'indépendance, il leur arrivait de disparaître plusieurs jours de Possenhofen, parce qu'ils avaient décidé de suivre les pérégrinations d'un cirque.

« Sissi n'a guère été heureuse à la cour. Elle se sentait isolée, coupée de sa famille, et sa belle-mère, l'archiduchesse Sophie, l'a empêchée d'élever elle-même ses enfants, du moins les trois premiers. C'est pour cette raison qu'elle chérit de toute son âme Marie-Valérie... »

L'arrêt du fiacre devant l'hôtel Le Meurice mit fin aux méditations d'Amélia. Encore une fois, le cadre luxueux de l'établissement, le décor somptueux de leurs chambres engendrèrent un malaise chez la baronne von Fairlik.

— Je ne mérite rien de tout ceci, confia-t-elle à Marie Festetics. Je n'ai pour fortune que les bijoux de ma mère, quatre robes et un manteau. J'avoue être très gênée.

— J'obéis aux ordres de Sa Majesté, ma chère enfant.

— Dans ce cas, je dois m'incliner, voulut plaisanter Amélia. Mais sincèrement, je voudrais me coucher tout de suite. Le voyage m'a épuisée et je n'ai aucun appétit.

— Faites à votre idée. Puis-je vous faire une remarque, baronne ?

— Bien sûr.

— Votre manque de curiosité m'étonne. Vous ne m'avez posé aucune question sur votre destination ou sur les personnes qui doivent prendre soin de vous.

— Je m'en remets entièrement au choix de l'impératrice. J'ai la certitude qu'elle a agi au mieux. Et nous aurons le temps d'en discuter demain.

— Bien, reposez-vous. J'ai hâte de visiter Paris en votre compagnie, Amélia. Nous sommes loin de la cour impériale, alors puis-je vous appeler ainsi ?

— J'en serai très contente.

Les deux femmes se saluèrent d'une légère inclinaison du buste. Enfin seule dans sa chambre, qui communiquait néanmoins avec celle de Marie Festetics, la jeune femme s'assit au bord du lit et put sangloter à son aise.

Malgré son soulagement d'éviter la honte, l'opprobre d'une cour au protocole austère, Amélia aurait donné dix ans de sa vie pour revoir Karl, toucher ses joues, serrer ses mains. Elle avait du mal à se le représenter vivant, le teint coloré, le sourire éclatant. L'image qui s'imposait à elle, obsédante, odieuse, était celle de son corps mince figé par la mort, son visage impassible, couleur de cire.

— Mon Dieu, Karl, mon amour, pourquoi t'ai-je perdu, pourquoi ? Je porte ton enfant mais, hélas, je n'aurai sûrement pas le droit de l'élever, de te retrouver en lui.

Amélia pleura longtemps. Rien n'avait été dit sur l'avenir du bébé qu'elle mettrait au monde, l'hiver venu.

2

Vers le pays des vignes

Le lendemain, jardin des Tuileries

Marie Festetics et Amélia marchaient d'un pas tranquille autour d'un des bassins du jardin des Tuileries. Le doux soleil d'avril irisait l'eau vive de la fontaine, l'air frais résonnait du rire des enfants, du pépiement des oiseaux. Les deux jeunes femmes avaient admiré les nombreuses statues ornant les pelouses, l'architecture élégante de l'Orangerie.

— Paris vous plaît-il ? demanda aimablement Marie.

— Vienne n'a rien à lui envier, car nous avons là-bas de magnifiques jardins, des palais tout aussi sublimes, mais j'avoue qu'il règne à Paris une atmosphère particulière, un charme différent, répondit Amélia.

— Vos jolis yeux sont encore rouges, baronne. Vous avez pleuré…

— Oui, une partie de la nuit, je n'ai aucune raison de vous le cacher. Cependant, je me sens mieux ce matin, soyez sans inquiétude. Je tiens à exprimer ma gratitude envers Sa Majesté, et envers vous, bien sûr, en faisant preuve de courage.

— L'impératrice sera contente quand je lui rapporterai ces paroles. Allons déjeuner à présent. Cet après-midi, nous prendrons un fiacre pour voir de près la fameuse tour de M. Eiffel.

— Et demain, je devrai vous dire au revoir, voler de mes propres ailes. Mon train part de la gare d'Orléans, m'avez-vous dit…

— En effet, je vous noterai le nom de la gare où vous descendrez. La marquise de Latour vous y attendra en personne, elle se réjouit tant de vous accueillir.

Amélia s'assit sur un banc, en proie à une vive anxiété. Ses mains gantées de dentelle noire se nouèrent, crispées sur le manche de son ombrelle.

— Il est grand temps que je cède à la curiosité, énonça-t-elle. En fait, je me suis posé des questions, à mon réveil. Comment Sa Majesté a-t-elle lié des amitiés en France ? Je sais que notre impératrice voyage souvent, mais quand il nous arrivait de bavarder, Marie-Valérie me parlait de séjours à Paris, et surtout de plusieurs semaines passées dans un domaine de Normandie, quand elle avait sept ans. Les médecins lui avaient préconisé l'air marin.

Marie Festetics prit place à côté de la jeune baronne, l'air satisfait.

— L'impératrice a rencontré la marquise Sophie de Latour à cette époque, au château de Sassetot. C'était une resplendissante jeune femme, très blonde, mariée depuis peu, à l'époque. Sa Majesté lui a demandé un cliché photographique, pour sa collection, en la priant de lui en envoyer d'autres, de jolies femmes françaises.

Amélia eut un sourire amusé, le premier depuis le décès de Karl. Les proches de Sissi savaient qu'elle aimait à recevoir des portraits féminins, disposant à cette fin de nombreux correspondants en Europe.

— C'est donc ça, dit-elle.

— Il y a autre chose, précisa Marie. Le père d'Edmond de Latour, l'époux de Sophie, était viticulteur, producteur de cognac, un alcool très apprécié dans le monde entier, même à la cour des tsars. Son fils a repris le flambeau et l'eau-de-vie du domaine de Bellevue figure parmi les digestifs de la famille des Habsbourg. Sa Majesté m'en a fait goûter au château royal de Gödöllő[1]. Et c'est M. Michel Cosme, le régisseur des Latour, qui se charge des commandes et des expéditions. Vous serez dans un bel écrin de vignes, le pays de l'ambre d'or[2], comme l'écrit la marquise. Le climat y est doux, l'océan fait sentir son influence.

— Mon Dieu, je suis intimidée à l'idée de vivre chez des étrangers. Ils me jugeront de mœurs légères, connaissant ma situation.

— N'y pensez pas, ayez foi en l'impératrice. Jamais elle ne vous aurait confiée à des gens sans cœur ni bonté d'âme. Ah, j'oubliais une des instructions de Sa Majesté, il faudra vous dire veuve une fois chez les Latour. Ils seront les seuls à savoir la vérité : il est préférable que leurs connaissances, même leurs domestiques, ignorent ce qu'il en est. Vous n'aurez pas à dissimuler votre état, ainsi.

— Je suis soulagée de l'apprendre, comtesse. Décidément, Sa Majesté pense à chaque détail, vous la remercierez encore.

---

1. Résidence royale de l'impératrice que les Hongrois ont offerte à l'empereur et à leur reine.

2. Le cognac.

— Bien sûr. Maintenant, venez. Il est l'heure de déjeuner, je suis affamée.

— Moi aussi, admit Amélia, surprise d'avoir à nouveau un peu d'appétit. Comtesse, je suis émue à l'idée de vous quitter demain. Tant que vous êtes auprès de moi, j'ai l'impression d'être encore en Autriche, à Vienne…

— Vous n'aviez pas le choix, baronne. Il nous reste une soirée à passer ensemble, nous ferons en sorte qu'elle soit agréable.

*

Gare d'Orléans, le lendemain matin,
mardi 10 avril 1888

La baronne Amélia von Fairlik trébucha en descendant du fiacre. Marie Festetics lui tendit une main secourable.

— Heureusement que la mode n'est plus aux crinolines, fit remarquer celle-ci d'un ton malicieux. C'était encore plus difficile de se déplacer.

— J'aurais aimé en porter, pourtant, confessa Amélia. J'ai le souvenir de maman en crinoline de tulle rose, un soir de bal. Je voulais me cacher sous ses jupons, dans l'espoir de la suivre. Pardonnez-moi, comtesse, je devrais avoir honte de parler de choses aussi futiles au moment des adieux.

— Les futilités nous aident parfois à chasser le chagrin, Amélia. J'espère que vous êtes moins angoissée. Hier soir, vos larmes m'ont brisé le cœur.

— Je vais vers l'inconnu, j'ai cédé à l'anxiété. N'en dites rien à Sa Majesté, surtout. Et nous avons pu approcher la tour de M. Eiffel, j'en suis encore impressionnée. Quel travail remarquable ! Je crois, comme vous l'affirmiez, que cet étrange édifice marquera les esprits pendant l'Exposition universelle.

Bientôt mêlées à la foule des voyageurs, des commis transportant les bagages, les deux femmes durent rompre leur entretien. Marie Festetics veilla à faire charger la malle d'Amélia, puis elle l'escorta sur le quai. L'immense verrière laissait filtrer le soleil, mais l'air tiède empestait le goudron, la ferraille, la fumée.

— Montez vite, vous serez mieux dans un wagon, soupira la douce Hongroise.

Une fois installée dans un compartiment de première classe, Amélia se mit à trembler, malgré les bonnes paroles de sa protectrice.

— Pourrai-je vous écrire, comtesse, ou écrire à Sa Majesté ? demanda-t-elle d'une petite voix enfantine, penchée à la fenêtre ouverte.

— Vous le devez, nous voulons de vos nouvelles.

— Et l'enfant, que deviendra-t-il ? Je ne connais personne en France… Quand aurai-je le droit de reprendre ma place à la cour ?

Paniquée, la jeune femme bafouillait, livide. Apitoyée, Marie Festetics lui caressa la joue.

— L'impératrice ne vous abandonnera pas, Amélia. Je pense qu'elle trouvera la meilleure solution pour le bébé, mais en temps voulu. D'ici là, faites votre deuil, ma pauvre et chère petite, reposez-vous, loin de ceux qui vous auraient à coup sûr condamnée. Une dernière chose, en France, faites-vous appeler baronne Fairlik, ou de Fairlik. Au revoir, Amélia, car nous nous reverrons vite, j'en ai la conviction…

— Je l'espère, comtesse.

Durant le trajet, Amélia se répéta souvent les derniers mots de Marie, qui avaient tout d'une promesse. Bercée par le mouvement du train, elle s'absorba dans la contemplation du paysage, alternance de vastes plaines et de collines boisées. Pendant les arrêts, elle tentait de se distraire en étudiant la physionomie des uns et des autres, sur le quai. Les Français lui paraissaient bruyants, enclins à la gaieté, aux gesticulations.

Lorsqu'elle comprit, en regardant sa montre, qu'il lui faudrait descendre au prochain arrêt, une crainte sourde l'oppressa, au point qu'elle se remit à pleurer.

« Ma vie change, elle ne sera plus jamais la même ! songea-t-elle. Je dois affronter l'inconnu, suivre le courant sur lequel on m'a fait embarquer, comme une fragile barque sur une rivière. Mais j'ignore vers quoi flotte l'esquif que je suis et si je ne risque pas de me perdre ou bien de sombrer en chemin… »

Marie Festetics lui avait assuré que la marquise Sophie de Latour l'attendrait à Saintes. Quand elle dut quitter son compartiment, Amélia pensa, partagée entre la tristesse et l'ironie : « Me voici au terminus, comme l'a crié le chef de gare en arrivant à Paris ! »

Elle n'eut pas le loisir de réfléchir davantage. Sur le quai, une très jolie femme en toilette de soie verte se précipita vers elle et lui saisit le bras. Sa chevelure blonde était savamment coiffée, sous un chapeau d'organdi paré de fleurs du même tissu que sa robe. Elle avait trente-quatre ans, mais on la pensait souvent plus jeune.

— Baronne von Fairlik ? Amélia von Fairlik ?

— Oui, madame... madame de Latour ?

— Dieu merci, j'avais peur de me tromper, mais à votre adorable accent, je comprends qu'il s'agit bien de vous, ma précieuse invitée !

L'entrée en matière, exaltée, causa une vive émotion à Amélia. Elle voulut prononcer une formule de politesse, en vain.

— Venez, mon cocher va immédiatement s'occuper de votre malle. Sortons d'ici, ma chère baronne, déclara Sophie de Latour d'une voix chantante, au timbre aigu. Si vous saviez combien je suis honorée de vous accueillir, de veiller sur vous. L'impératrice ne pouvait m'accorder une plus grande marque d'amitié. Dites-moi vite, comment va-t-elle ?

— Sa Majesté n'a aucun souci de santé, mais elle souffre dans son cœur depuis la mort de son cousin, le roi de Bavière. Et je suis votre obligée, appelez-moi simplement Amélia.

— Ciel, que vous êtes gentille, et tellement belle ! soupira d'aise sa future hôtesse.

Sophie de Latour l'entraîna à l'extérieur du hall de la gare, vers une imposante voiture fermée, équipée de larges vitres à demi baissées. Quatre robustes chevaux blancs y étaient attelés. Un adolescent tenait l'un d'eux par la bride.

— Montez vite, Amélia. Je guettais le train, je suis venue avec une heure d'avance pour ne pas vous manquer. Vous devez me trouver exubérante, mais je suis vraiment heureuse, oui, vraiment. Oh... heureuse et maladroite. J'en oubliais le deuil cruel qui vous a frappée.

— Vous êtes tout excusée, madame, sachez que votre joie me réconforte.

— Voilà qui est charmant, Amélia. Je sens que nous allons très bien nous entendre. Et surtout, encore une fois, ne m'en veuillez pas d'être aussi nerveuse. Si mon époux m'avait accompagnée, il se moquerait de moi. J'ai failli m'évanouir en recevant le télégramme de Son Altesse. Est-ce ainsi qu'il faut la nommer ? Croyez-moi, mon amie, les moments que j'ai passés en Normandie à fréquenter l'impératrice sont mes souvenirs les plus précieux. Je vous raconterai en détail dans quelles circonstances je lui ai été présentée. Au fait, avez-vous voyagé sans encombre ?

Abasourdie par la volubilité de Sophie de Latour, Amélia se contenta de hocher la tête discrètement. Même si elle avait voulu répondre, elle n'en aurait pas eu l'occasion.

Une vingtaine de minutes plus tard, la voiture cahotait, dans un concert de grincement de roues et de bruits de sabots ferrés, sur les pavés. Un des chevaux lança un hennissement strident, piaffa avant de partir au grand trot et d'entraîner ses congénères. Le cocher avait arrimé à l'arrière la malle d'Amélia.

La marquise se tut enfin, après avoir soupiré d'un air comblé, car la baronne von Fairlik lui plaisait au-delà de ses espérances. De plus, elle parlait couramment le français, ce qui serait appréciable. Elle l'avait imaginée beaucoup plus ordinaire et à la voir si délicate, si belle, elle jubilait. Mais un détail clochait à son avis.

« C'est dommage qu'elle soit en deuil ! Seigneur, le noir ne lui va guère... », déplorait-elle.

— Votre domaine est-il loin de Saintes ? interrogea soudain Amélia.

— Nous avons deux heures de route. Nous traverserons Cognac, une cité très agréable. Je vous indiquerai les monuments les plus remarquables.

— Cognac ? La ville porte le nom de l'eau-de-vie dont Mme Festetics m'a vanté l'excellente réputation...

— Ce serait plutôt le contraire, la ville a donné son nom au divin breuvage qui a fait la fortune de la région. Mais je vous en prie, Amélia, parlez-moi un peu de l'impératrice, oui, parlez-moi d'Elle, « Elle » avec une majuscule, je l'évoque ainsi quand je m'épanche à son sujet dans mes courriers. Elle, la plus belle femme d'Europe, une des meilleures cavalières aussi. Savez-vous que je l'ai vue monter à cheval au château de Sassetot, là-bas, en Normandie ? On annonçait sa venue, mais l'été avançait et rien ne bougeait. J'ai imploré Edmond de retarder notre départ, je ne voulais pas manquer la chance d'apercevoir l'impératrice d'Autriche. Elle avait loué le château sous le nom de la comtesse Hohenembs, pourtant tous savaient de qui il s'agissait. Et le train impérial est arrivé, avec l'impératrice et sa fille, Marie-Valérie, et environ soixante-dix personnes pour le service.

— Ce devait être un véritable événement dans le pays, je l'admets, concéda Amélia.

— Oui, et j'ai réussi à lui être présentée, mais je vous raconterai tout cela plus tard, après le dîner. Vous êtes très pâle, ma chère petite amie, et puis il y a votre état, Seigneur… Je n'y pense guère, vous êtes si mince. Peut-être êtes-vous incommodée par les cahots de la route ?

— Pas du tout, madame. Certes, je suis fatiguée, mais c'est un plaisir de vous écouter, de découvrir votre beau pays des vignes. Je ne connais rien de la France.

— Le « pays des vignes »… Prononcé avec votre adorable accent, c'est vraiment doux à entendre, et je suppose qu'on vous a fait la leçon, baronne, plaisanta Sophie. Bien, un peu de géographie maintenant. Nous sommes en Charente, un département traversé par le fleuve du même nom. Regardez, nous entrons dans Cognac.

Amélia contempla en souriant la large avenue bordée de platanes. Les maisons, construites en pierre blanche, aux façades fréquemment ornées de frises sculptées, lui parurent cossues, harmonieuses, quoique bien différentes de celles de Vienne. En songeant à sa ville natale, à l'Autriche, l'image d'une tombe couverte de fleurs blanches lui revint et elle dut réprimer un sanglot.

— Pardonnez-moi, madame, balbutia-t-elle.

— Bien volontiers, Amélia. Qui vous reprocherait d'être mélancolique ?

La voiture longeait les quais de la Charente. Un martin-pêcheur rasait les flots verts au cours puissant. Des murailles imposantes et deux grosses tours rondes intriguèrent la jeune baronne. La marquise perçut sa curiosité et s'empressa de la renseigner.

— Ce sont les vestiges du château des Valois, la famille qui vit naître le roi François Ier. Jadis, l'activité de ce quartier était impressionnante. Tout à l'heure, nous sommes passées par l'ancien port au sel, juste au bout de la rue Saulnier. Je mettrai un point d'honneur à vous faire visiter les vieilles rues qui se cachent non loin d'ici. Je demanderai à mon mari ou à mon père de nous escorter. On peut y voir de très anciennes maisons à colombages fort pittoresques. Hélas, elles ont des centaines d'années et menacent de s'écrouler.

— J'en serais enchantée, répondit sagement Amélia.

L'air frais lui semblait riche de parfums grisants. Tout bas, elle s'enhardit à demander :

— Est-ce là le fleuve Charente ?

— Oui, mon amie. Il se fait de plus en plus large dans sa course vers l'océan. Vous apprécierez vite notre climat. Il fait doux chez nous, même à la morte saison. Cela vous changera des hivers autrichiens. Et puis vous verrez comme l'automne est beau…

3

Le domaine de Bellevue

Amélia ferma les yeux un instant. Trois mots venaient de la blesser en plein cœur : « les hivers autrichiens ». Karl lui avait donné son premier baiser alors que la neige tombait sur les toits de Vienne et c'était le jour de l'Épiphanie qu'ils s'étaient retrouvés livrés à eux-mêmes, dans la demeure de son fiancé.

La jeune femme crut deviner sur ses lèvres la caresse ardente de la bouche de Karl, sentir ses mains sur sa poitrine. Ils avaient joué avec le feu de la passion et rien n'aurait pu les empêcher de s'aimer.

« Mon Dieu, pourquoi me l'avez-vous enlevé, nous étions jeunes, amoureux, promis l'un à l'autre ! » songea-t-elle, secouée d'un long frisson de désarroi.

Sophie de Latour lui prit la main, apitoyée. Elle garda le silence, consciente de la souffrance d'Amélia.

— Décidément, je suis de mauvaise compagnie, déclara celle-ci, confuse. Je vous promets d'être de meilleure humeur après une nuit de repos. Sa Majesté s'est montrée d'une telle bonté à mon égard, je me répète que je dois être forte, mais en dépit de mes efforts, la douleur me terrasse souvent.

— Vous avez perdu votre fiancé et vous quittez pour un an au moins votre ville natale, soupira la marquise en agitant son éventail nerveusement. Pleurez à votre aise, je compatis à votre chagrin. Mon mari et moi ferons de notre mieux pour vous consoler. J'ai reçu ce matin même une lettre de l'impératrice, où elle m'explique sobrement vos malheurs. Je lui écrirai demain, afin de lui dire que vous êtes sous notre protection. Nous correspondons depuis des années et je continue à lui envoyer des portraits des plus jolies femmes que je connais. Saviez-vous que l'impératrice a commencé sa collection pendant son séjour à Corfou, quand elle était souffrante ?

— Oui, je le savais, madame.

— Il faut abolir les barrières entre nous, j'insiste pour que vous m'appeliez Sophie. Je reçois beaucoup, mais personne ne vous importunera. J'expliquerai votre présence au domaine sans beaucoup mentir. Comme l'impératrice me l'a demandé, je dirai à tous que vous êtes une jeune veuve de santé fragile, enceinte de surcroît. Ma domesticité est déjà au courant. Ah, j'avais omis de vous dire une chose qui me tient à cœur.

— Je vous en prie, répondit Amélia, soucieuse de ne pas contrarier la marquise de Latour.

— C'est encore en rapport avec le château de Sassetot et notre chère impératrice. Il n'y a pas de hasard, quand j'ai eu l'immense privilège de lui être présentée, mon patronyme d'épouse a joué son rôle, n'est-ce pas, car le courtier de mon beau-père avait mené des transactions commerciales avec l'intendance de la Hofburg. En résumé, l'empereur prisait nos eaux-de-vie et, pour l'impératrice, je n'étais pas tout à fait une inconnue. Oui, Amélia, tout a commencé ainsi. Un rêve éveillé, qui se poursuit aujourd'hui, puisque vous êtes auprès de moi. Mon Dieu, pensez un peu, il y a trois semaines, vous étiez demoiselle de compagnie à la cour.

Amélia approuva de nouveau, d'un discret signe de tête. Malgré l'amabilité de la marquise, la chaleur de son accueil, la jeune femme concevait à présent un autre genre de crainte. D'une nature réservée, éprise de lecture, elle redoutait d'être sans cesse accaparée par son hôtesse, tenue à d'interminables conversations quotidiennes.

— Nous arriverons bientôt au domaine, Amélia, ajouta Sophie après un silence rêveur. Mais j'ai le temps de vous montrer la lettre de l'impératrice, celle que j'ai reçue ce matin, et j'ai aussi le télégramme où Son Altesse sollicite mon aide, où elle me demande de vous accueillir.

— Mais je n'ai pas à lire votre correspondance, madame, protesta Amélia.

— Sophie, voyons, il faut m'appeler Sophie. Et les lignes vous concernant ne pourront que vous apaiser.

Saisie d'une profonde lassitude, Amélia céda. Dès qu'elle reconnut la calligraphie de sa souveraine, de nouvelles larmes brouillèrent sa vue.

Très chère amie de France,

Je vous ai demandé en quelques mots un service inestimable et vous avez accepté tout de suite, par ce moyen si pratique qu'est le télégraphe.

Je tenais par ce courrier à vous remercier de votre générosité et à vous parler plus longuement de la baronne Amélia von Fairlik, pour qui j'ai tant d'affection et de compassion.

Vous le savez, ma chère petite Amélia vient d'endurer une terrible perte, celle de son fiancé, décédé brutalement. Issue d'une excellente famille, ma protégée est orpheline, si bien qu'elle ne peut compter, dans son malheur, sur le soutien d'une famille.

En raison de son état, il lui serait impossible de rester à la cour. Dites-lui mon sentiment, après avoir réfléchi à son sort si injuste. Quelle mystérieuse prescience a pu pousser deux jeunes gens d'une parfaite éducation à brûler ainsi les conventions, en s'aimant avant le mariage ? L'enfant qu'ils ont conçu est peut-être la réponse, une douce et tendre réponse…

Amélia ne put en lire davantage. Elle replia la feuille, la rendit à la marquise d'une main tremblante.

— Je suis navrée, excusez-moi, madame, bredouilla-t-elle en sanglotant sans bruit. L'impératrice, à qui je voue tant de respect et d'amour, semble avoir cherché à me rassurer, à m'absoudre de mon inconduite.

— Je suis d'accord avec vous, ma pauvre petite amie, et je jugeais cette lecture indispensable. Je vous ai assommée de mes bavardages, j'en suis désolée. C'était en grande partie pour vaincre mon émotion. La tragédie que vous avez vécue m'a vraiment bouleversée. Allons, ne pleurez plus. Voyez plutôt, nous voici arrivées à bon port, sur les terres du domaine de Bellevue.

Sophie de Latour lui désigna d'un mouvement de tête l'élégante silhouette d'un manoir, situé sur l'arrondi d'une colline. Des sapins à la ramure bleutée bordaient l'allée que la voiture remontait, au trot cadencé des chevaux.

— Seigneur, quel bel endroit ! s'étonna Amélia, avant de sécher ses joues à l'aide d'un mouchoir brodé.

— Merci, considérez-le comme un refuge, un asile, où chacun s'efforcera de vous choyer.

L'exubérante marquise jubilait. Sa vie un rien monotone allait devenir passionnante. La belle baronne deviendrait une sœur, une confidente. Elle se promettait déjà de donner un grand bal, au mois de juin, afin de briller aux yeux de ses relations. Étourdiment, elle lança d'un ton enjoué :

— Quand doit naître le bébé ?

Amélia tressaillit, soudain très pâle.

— En octobre, sans doute...

— Je tiens à être la marraine de votre enfant, ma chère petite. Ne vous tourmentez plus, je ferai l'impossible pour vous rendre heureuse.

Sophie étreignait les doigts de la jeune femme. Amélia en éprouva un réel réconfort. Attendrie, elle pensa même qu'elle s'accoutumerait bien vite au caractère un peu fantasque de son hôtesse, parfois dénuée de tact, certes, mais de toute évidence généreuse, tolérante et affectueuse.

Il lui restait cependant à rencontrer le marquis Edmond de Latour, qui se montrerait peut-être moins indulgent à son égard que son épouse.

Le manoir de Bellevue resplendissait, nimbé d'or par les rayons obliques du soleil déclinant. Cernée de grands arbres centenaires, la demeure ancestrale d'une lignée de marquis avait tout d'un bijou de pierre blanche serti dans la verdure.

Amélia, pourtant habituée aux somptueux palais de la cour de Vienne, fut aussitôt séduite.

— Quel charme se dégage de ces lieux ! s'exclama-t-elle d'un ton enthousiaste. Et comme la lumière est douce. Je crois que je vais aimer votre « pays des vignes », madame, pardon, ma chère Sophie.

Son hôtesse savoura le compliment, mais plus encore le sourire ébloui de la jeune baronne. Après avoir donné ses ordres au cocher, elle conduisit son invitée, avec maints commentaires, jusqu'à une grande chambre donnant à l'est. Le mobilier et les tentures étaient d'un goût exquis.

— J'ai fait changer les rideaux par mes domestiques, en choisissant des couleurs pastel accordées à votre jeunesse. La petite porte à gauche de la cheminée donne sur un cabinet de toilette réservé à votre seul usage.

— Chère marquise, comment vous remercier de votre bonté ?

— En n'oubliant plus de m'appeler par mon prénom, chère amie, la taquina celle-ci. Et en souriant comme vous le faites. Maintenant, reposez-vous, je viendrai vous chercher à l'heure du repas. En votre honneur, nous dînerons sur la terrasse. Vous pourrez contempler la campagne en dégustant les merveilles que prépare Vincent, notre cuisinier.

Sophie sortit de la chambre le cœur en fête. Elle n'avait plus qu'une hâte, pouvoir parler à son mari. Il travaillait dans son bureau, situé au rez-de-chaussée. En femme habituée à être toujours bien reçue, elle entra sans frapper.

— Edmond, notre protégée est arrivée. Quelle joie, c'est une véritable perle ! Si vous saviez comme elle est distinguée, gracieuse, d'une beauté fascinante ! Un teint de lys, un regard de velours brun, un visage de madone, des cheveux presque noirs, brillants. Je suis vraiment comblée par ce merveilleux coup du sort. Et puis j'ai compris pourquoi l'impératrice lui voue un si grand attachement. Au fond, elle pourrait être sa fille. Oui, Amélia ressemble un peu aux portraits de Sa Majesté au même âge. Mon chéri, que je suis heureuse de l'avoir chez nous !

Le marquis baisa la main de son épouse et se leva. Il alla se poster à la fenêtre afin de dissimuler un étrange sourire. Enfin, il se retourna pour lui ouvrir les bras. Elle s'y réfugia, câline.

— Sophie, vous ne changerez jamais. J'espère que vous avez eu soin de ne pas tenir ces propos devant notre invitée. Si je ne me trompe, le merveilleux coup du sort dont vous vous réjouissez n'en est pas un pour elle. Son fiancé est mort d'un arrêt du cœur en la laissant dans une situation embarrassante. Alors, soyez plus modérée, je vous prie.

— Seigneur, vous avez raison, mon chéri ! Mais vous vous inquiétez à tort, j'ai assez d'éducation pour me comporter comme il le faut avec Amélia. Il faudra l'appeler ainsi et non « baronne ».

— Amélia… Entendu, c'est un joli prénom.

*

La baronne de Fairlik, une fois seule dans sa chambre, s'était allongée et avait somnolé, épuisée par le voyage. En s'éveillant, elle constata qu'il faisait presque nuit.

« Je dois m'habiller pour le dîner ! » fut sa première pensée.

Sa malle était posée au pied d'une armoire à fronton triangulaire, en bois verni, dont l'unique battant supportait un grand miroir. La jeune femme étudia son reflet et s'alarma.

— Je suis échevelée, blafarde et j'ai l'air égaré ! s'exclama-t-elle avant de se ruer dans le cabinet de toilette.

Elle éprouva un plaisir enfantin à se rafraîchir, à brosser ses cheveux. Sans qu'elle en ait vraiment conscience, la belle baronne en exil subissait les effets du dépaysement. Sensible au décor qui l'entourait, savante harmonie de teintes roses et or, de soieries fleuries, elle n'avait pas envie de paraître en tenue de deuil.

« Quand même, je ne peux pas descendre dîner dans l'unique robe de bal que je possède..., se désola-t-elle. Ce serait inconvenant. J'ai une idée. »

Fébrile, Amélia sortit de sa malle une jupe en faille noire et un corsage en mousseline violette. Elle s'habilla en redoutant de ne pas être prête à temps. Ensuite, elle mit à son cou un rang de perles qui avait appartenu à sa mère. Enfin, renonçant à élaborer un chignon, elle laissa libre sa chevelure aux souples ondulations, dues à un tressage régulier.

Quand la marquise vint la chercher, elle marqua un instant de surprise.

— Ciel, Amélia, vous êtes ravissante ainsi. Venez, prenez mon bras.

Les deux femmes descendirent l'escalier aux marches tapissées de velours rouge, dans la lumière nacrée que dispensait un lustre monumental, garni de bougies. Dans le hall d'entrée, au carrelage noir et blanc, trois grandes lampes à pétrole dispensaient une clarté nacrée.

— Edmond, où êtes-vous passé ? s'écria familièrement Sophie.

Le marquis quitta le salon et se posta en bas des marches. C'était un homme de trente-huit ans, au teint hâlé, au visage émacié, au nez d'aigle, dont les yeux bruns brillaient de bonté et de douceur. Assez grand, robuste, il avait la réputation d'être un des meilleurs cavaliers de la région. Il jeta un regard intrigué sur leur protégée, puis il s'inclina avec déférence.

— Baronne de Fairlik, soyez la bienvenue au pays des vignes, et sous le toit de mes ancêtres, déclara-t-il.

— Je vous remercie de m'accueillir, monsieur, répondit Amélia, intimidée.

— C'est un grand honneur et j'espère que vous vous plairez chez nous, ajouta-t-il aimablement. Allons dîner, voulez-vous…

Une table était dressée sur la terrasse que ceinturait une balustrade en pierre. Deux chandeliers en argent trônaient au centre. Les flammes des bougies faisaient étinceler les verres et les carafes en cristal. Les trois convives prirent place, sous l'œil vigilant de Lucienne, la gouvernante du manoir, une alerte sexagénaire.

La marquise de Latour n'avait pas exagéré les talents de son cuisinier. Les mets préparés par le dénommé Vincent étaient à la fois succulents et légers, accommodés avec subtilité.

Tout au long du repas, le maître du domaine se montra d'une prévenance discrète, servant le vin sans abuser, parlant de ses vignes et de ses productions avec modération.

— Mon mari joue les modestes, commenta Sophie après le dessert. Il se dévoue corps et âme à ses vignes, ma chère amie, et me laisse trop souvent seule.

— Pour mieux vous retrouver, ma chérie, et vous offrir tout ce que vous désirez, répliqua le marquis en caressant la main de sa femme.

Le couple échangea un sourire. Amélia, un peu gênée, baissa la tête. Elle se sentait importune, entre cet homme et cette femme qui s'aimaient profondément et partageaient une complicité joyeuse, pleine de tendresse.

Elle prétexta les fatigues du voyage pour remonter bien vite dans sa chambre. Là, le cœur lourd, elle dut s'avouer qu'il lui avait été pénible d'assister à ce dîner, sans doute en raison du courant d'amour qui passait entre les deux époux.

« Pour moi, l'amour est mort ! songea-t-elle, brisée par un intolérable désespoir. Mort et enterré dans la terre de mon cher pays, l'Autriche. Mon Dieu, qu'ai-je fait de mal, sinon aimer celui qui devait m'épouser ? »

Accablée, Amélia s'allongea sur le lit et cacha son visage au creux d'un coussin de satin. Karl lui apparut soudain, avec une netteté hallucinante. Karl, sa haute silhouette, ses yeux bleus et ses boucles blondes, Karl et son sourire conquérant, ses gestes caressants. Karl fauché sans pitié par un destin injuste. Il lui restait l'enfant, un enfant qui ne connaîtrait jamais son père.

Elle sanglota longtemps, sans bruit. Une fois calmée, elle se reprocha d'être égoïste, ingrate. Son sort serait bien plus affreux sans la protection de sa souveraine bien-aimée. Grâce à l'impératrice, ici, à Bellevue, elle serait à l'abri des cruautés du monde.

4

L'épine des souvenirs

Domaine de Bellevue, vendredi 25 mai 1888

Un mois et demi s'était écoulé depuis l'arrivée d'Amélia en terre charentaise. Au fil des jours, Sophie de Latour s'était révélée la plus charmante des hôtesses. La jeune exilée avait craint à tort, lors de leur première rencontre, d'être accaparée par l'exubérante marquise. Soucieuse d'assumer au mieux ses obligations de maîtresse du domaine, celle-ci lui consacrait seulement quelques heures dans l'après-midi.

Une amitié sincère naissait entre les deux femmes, grâce aux moments qu'elles passaient ensemble. Selon la clémence du ciel, elles se promenaient dans le parc, allaient s'asseoir sur un banc du jardin d'agrément, où poussaient rosiers et lilas, campanules bleues et iris odorants.

Depuis une semaine, pleines d'entrain et avec habileté, elles travaillaient au trousseau du bébé, installées sur la terrasse dans des fauteuils en osier, garnis de coussins moelleux.

Cet après-midi-là, comme c'était bien souvent le cas, la conversation revint sur l'impératrice. Mais il y avait cette fois une bonne raison : une lettre de Marie Festetics.

— Je répondrai ce soir à la comtesse, déclara la marquise. C'était tellement aimable de prendre de nos nouvelles et de nous en donner de la cour.

La voix de Sophie avait frémi en prononçant ce dernier mot. Elle l'admettait avec ferveur, tout ce qui touchait à l'impératrice la passionnait. Et désormais, à la faveur des confidences de sa protégée, elle désignait son idole par le doux surnom de Sissi.

— C'est étrange, observa alors Amélia. J'ai passé presque trois ans au service de Sa Majesté et de Marie-Valérie, pourtant ma vie à la cour impériale me paraît appartenir à une époque lointaine. Mon existence est tellement différente ici.

— Dites-moi précisément en quoi ? demanda Sophie, qui abandonna son ouvrage, un bavoir en calicot.

— Déjà, il y a les contraintes du protocole. Ici, je me sens libre de mes faits et gestes. Je peux rester dans ma chambre le matin, lire près de la fenêtre. Et les repas sont gais, sans cérémonial. L'atmosphère est sereine, oui, je crois employer le terme précis.

— En effet, vous maîtrisez parfaitement notre langue. Mais je voulais vous poser une question, à l'heure du déjeuner, et j'ai oublié, à cause de mon mari qui nous a dérangées. Dans sa lettre, la comtesse Festetics parle d'une petite Erzsi qui fait des progrès en lecture. La connaissez-vous ?

— Oui, il s'agit d'Élisabeth, la fille de l'archiduc Rodolphe et de la princesse Stéphanie de Belgique, une adorable enfant de cinq ans. Hélas, le prince héritier et son épouse ne forment pas un couple très uni. Ils ont été déçus de ne pas avoir eu de fils. En fait, ce diminutif, Erzsi, correspond au prénom Élisabeth en hongrois, c'est-à-dire Erzsébet.

Sophie se remit à coudre, avec un sourire rêveur. Grâce à la magie du verbe, les illustres personnages gravitant autour de Sissi faisaient désormais partie de son quotidien. Elle avait l'impression de les connaître.

— Et avez-vous rencontré le comte Andrassy ? Je vous ai beaucoup interrogée sur notre chère impératrice, ses toilettes, les bals, mais nous n'avons pas encore parlé de lui…

Amélia prit le temps de réfléchir avant de répondre. Elle savait que, vingt ans auparavant, certains esprits malveillants avaient prétendu que le séduisant comte Andrassy éprouvait des sentiments pour la souveraine et qu'il en était aimé en retour. On avait même prétendu qu'il était le père de Marie-Valérie. Ces rumeurs avaient profondément blessé Sissi et ses proches, d'autant qu'elles étaient infondées.

— Je n'ai jamais croisé le comte, dit-elle à voix basse. Mais au château de Gödöllő, en Hongrie, où j'ai séjourné durant un mois, j'ai pu admirer un portrait de lui. Il s'est dévoué à sa patrie.

— Et à la reine de son pays, notre Sissi, soupira Sophie.

Amélia approuva d'un signe de tête. Elle n'avait pas envie d'en dire davantage, se souvenant de quelques discussions entre la comtesse Festetics et l'impératrice.

« Elles se félicitaient de la ressemblance frappante entre Marie-Valérie et l'empereur François-Joseph, qui avait enfin coupé court à ces sordides accusations », songea-t-elle.

Fait assez rare, le marquis de Latour se présenta sur la terrasse, en tenue d'équitation. Chaque matin, même le dimanche, il partait à cheval dès l'aube et parcourait ses terres, ses vignobles, rendait visite à ses fermiers.

— Mesdames, excusez-moi de vous déranger en plein ouvrage, déclara-t-il d'un ton jovial, mais je voulais vous proposer une promenade jusqu'au château de Bouteville. Le lieu est à mes yeux un hymne poignant au romantisme, avec ses ruines imposantes, ses murailles livrées au lierre, aux ronces, sa tour ronde, dévastée par les siècles. De plus, je serai votre cocher… Je ferai atteler la jument grise à notre calèche. C'est une bête tranquille. Le mois de mai est l'un des plus délicieux. La campagne m'a paru si belle que j'ai eu cette idée.

Sophie considéra son mari d'un air faussement surpris.

— Amélia, est-ce que vous êtes tentée ? s'enquit-elle.

— Je vous suivrai, Sophie, si cela vous plaît.

La jeune baronne pensait qu'elle avait déjà visité Jarnac, Bourg-Charente, ainsi que la cité de Cognac. Il était question, prochainement, d'aller admirer le dolmen de Garde-Épée, qui se dressait au milieu des champs. Elle aurait préféré rester au manoir et se retirer dans sa chambre.

— Nous ferions mieux d'en profiter, puisque mon cher époux sacrifie son travail pour nous distraire, répliqua la marquise.

Sophie s'était empressée d'organiser de telles excursions, car la grossesse d'Amélia leur interdirait bientôt les sorties en calèche. Elle avait pu présenter la jeune baronne à quelques amis en visite au domaine et une grande réception était prévue pour le troisième samedi de juin, une fête qu'elle voulait somptueuse, inoubliable.

— J'attends votre décision, mesdames, insista Edmond de Latour. Rassurez-vous, Amélia, ce n'est guère éloigné de Bellevue.

La voix du marquis avait une douceur particulière, grave mais suave, enjôleuse. Malgré tous ses efforts, Amélia se sentait mal à l'aise sous le regard incisif de cet homme. Elle l'évitait, n'engageait pas la conversation avec lui, n'osait pas le dévisager. Ce jour-là, par simple politesse, elle affronta l'éclat chaleureux de ses yeux d'un brun assez clair.

— Je ne m'inquiète pas, monsieur, dit-elle. Mais je me sens un peu lasse et je vous conseillerais d'y conduire votre épouse seule. Vous seriez en tête à tête, ce qui se produit rarement depuis que vous avez eu la générosité de m'accueillir.

— Quelle délicate et douce attention ! s'écria Sophie. Vous êtes vraiment charmante, Amélia. Néanmoins, je connais très bien les ruines de Bouteville. Edmond les apprécie, je ne sais trop pourquoi. Alors vous devriez vous y rendre tous les deux. Il me faut m'occuper du dîner avec ma gouvernante et je pourrai aussi commencer ma lettre pour la comtesse Festetics. Allons, ne faites pas cette mine désolée. Mon mari a raison, il fait si bon aujourd'hui.

Désemparée, Amélia cherchait comment se tirer de ce mauvais pas. Elle n'avait aucune envie de se retrouver en l'unique compagnie du marquis.

— Ma petite amie, acceptez, enfin ! renchérit Sophie. Sauf si un trajet en calèche vous incommode.

— Oui, c'est cela, j'en serais incommodée. Et je décline votre gentille proposition, monsieur, car je crains par-dessus tout de perdre mon enfant, ajouta la jeune femme, l'enfant de Karl. Il doit venir au monde et vivre longtemps, lui au moins…

Au bord des larmes, Amélia se leva brusquement en faisant tomber la pièce de layette qu'elle était en train d'ourler.

— Pardonnez-moi, bafouilla-t-elle. Je suis désolée si j'ai été inconvenante, pardon…

Le couple, stupéfait, la vit s'enfuir à l'intérieur du manoir. Sophie ramassa le carré de linge avant de lancer un coup d'œil déçu à son époux.

— Seigneur, quelle mouche la pique ? s'étonna-t-elle. Amélia se montre toujours calme, aimable, posée. Là, je ne comprends pas. Je dois lui parler…

— Laissez-la en paix, Sophie, trancha Edmond. Elle s'efforce de ne jamais nous contrarier et je suppose que ce n'est pas toujours facile. Amélia dissimule son chagrin afin de faire bonne figure du matin au soir.

— Mais tout allait si bien ! Et puis vous savez pourquoi je tenais à cette promenade.

— Je serais en peine de l'oublier.

— Quand lui parlerez-vous ? J'ai besoin d'une certitude, Edmond. Seigneur, c'est tellement important pour moi, pour nous deux.

Son mari lui prit la main en souriant. Il retint un soupir avant de répondre à mi-voix :

— Rien ne presse, Sophie. Il faut d'abord mettre Amélia en confiance, lui rendre l'existence agréable. Faites un effort, imaginez que vous êtes à sa place, rien qu'une minute. Elle est notre obligée. Vous avez même décidé de la robe qui lui conviendrait pour le bal du mois prochain.

— Je veille sur elle, sur son bien-être, selon les souhaits de l'impératrice. Oh, j'en ai assez, Edmond ! À vous écouter, je m'y prends mal avec Amélia.

— Oui, je l'avoue, vous la traitez en enfant, parfois. Or c'est une femme, une future mère. Vous auriez dû remarquer qu'elle fuit ma conversation, ma présence même. Je pense aussi qu'à la cour une demoiselle ne part pas en promenade avec un homme marié sans chaperon.

— Amélia est censée être veuve, mon ami, et puis ce n'est plus une demoiselle, vous venez d'y faire allusion, marmonna la marquise.

— Voici une parole perfide, ma chère épouse, soupira-t-il. J'espère que notre protégée n'a rien entendu, sa fenêtre est grande ouverte.

Sur ces mots ironiques, il salua sa femme et quitta la terrasse de son pas énergique.

Dans sa chambre, Amélia avait perçu l'écho de leurs voix sans prêter attention à leur discussion. Elle se reprochait sa saute d'humeur, sa liberté de langage, tout en observant son reflet dans le miroir de l'armoire. Une étrange sensation de dédoublement la troublait, face à son image.

« Je ne suis plus la même, je pense moins à Karl. Je me satisfais des bons repas, de mes lectures, ici, tranquille, pensa-t-elle. Tout à l'heure, j'ai eu l'impression de trahir mon amour, mon amour perdu, et j'ai dû offenser mes hôtes. »

Elle admit également, mais en son for intérieur, qu'elle confectionnait le trousseau du bébé avec une joie intense, comme si elle se raccrochait à ce petit personnage minuscule, niché dans son ventre, qui lui semblait le plus important du monde.

On frappa. Tout de suite, Amélia courut ouvrir. Sophie se tenait sur le seuil de la pièce, la mine chagrinée.

— J'ai été sotte, mon amie, plaida-t-elle. Sotte et maladroite, à mon habitude. Mon mari m'a grondée.

— Non, ne vous accusez pas. C'est moi qui suis sotte. Je me désolais d'avoir réagi aussi violemment. J'en pleurerais, à présent, car j'ai dû vous blesser.

La marquise céda à un élan d'affection. Elle prit Amélia dans ses bras, déposa un baiser sur son front.

— Edmond m'a dit des choses très justes. Je n'ai pas à vous imposer mes quatre volontés. Amélia, je suis tellement heureuse de vous avoir avec nous. Vous illuminez ma vie, comme une précieuse petite sœur. Ne croyez pas que vous devez toujours vous montrer de caractère égal. Je voudrais que vous vous sentiez vraiment chez vous.

Bouleversée, Amélia adressa un regard plein de gratitude à sa bienfaitrice.

— Merci, ma chère Sophie, merci.

— Alors tout est arrangé, oublions l'incident. Reposez-vous, reprenez vos esprits. Si vous le désirez, la gouvernante vous montera un plateau à l'heure du dîner.

— Volontiers, je serais très gênée de revoir votre époux ce soir. Il a dû me juger ingrate, impolie.

— Mais non, Edmond vous plaignait. N'en parlons plus et faisons ainsi.

La marquise respira enfin à son aise, rayonnante. Amélia l'admira discrètement, la comparant à une fleur printanière, avec sa carnation laiteuse, ses cheveux d'un blond lumineux. Sa robe de soie rose moulait un corps de déesse.

— Vous êtes belle, Sophie, dit-elle dans un souffle. Vous devriez envoyer un cliché de vous à l'impératrice, un deuxième…

— Ciel, que ferais-je sans vous, Amélia ? Vous me donnez une idée, moins stupide que celle de vous confier à mon époux pour une promenade en calèche. Demain, je ferai atteler la grosse voiture, qui est si confortable, et nous irons à Cognac, chez le photographe. Nous poserons ensemble, n'est-ce pas, et nous ferons parvenir notre portrait à la comtesse Festetics.

— Je pense que Sa Majesté sera contente.

— Il vous faudra une jolie toilette, plus gaie que votre robe noire. Seulement pour cette occasion. Vous choisirez parmi les miennes. Oh, nous allons bien nous amuser.

La marquise prit congé, laissant Amélia en plein désarroi. Certes, elle avait reçu des gages de sincère amitié, mais un sentiment indéfinissable l'empêchait de se réjouir. Pensive, elle s'assit au bord de son lit, fixa un pan de ciel bleu.

« Je sais pourquoi je ne voulais pas faire cette promenade avec le marquis. Il me regardait d'une façon bizarre, une façon qui me déplaisait, se dit-elle. Trop gentiment, oui, bien trop gentiment. »

Troublée, la jeune femme marcha jusqu'à la fenêtre. Le paysage désormais familier lui fit songer à un tableau. Des tourterelles roucoulaient, perchées à la cime d'un frêne.

« Je voudrais rester dans ma chambre des jours et des jours, pensa Amélia. Mais demain, nous allons à Cognac. Chère Sophie… J'ai décliné une balade en calèche pour ménager mon enfant et aussitôt elle décide de m'emmener chez un photographe. Enfin, une chose est vraie : la berline secoue moins qu'une voiture plus légère. »

*

Domaine de Bellevue, samedi 16 juin 1888

Depuis six heures du soir, une joyeuse agitation s'était emparée du manoir de Bellevue. Dans les cuisines, sous les ordres de Vincent, le maître des lieux, deux servantes et un valet préparaient fébrilement des volailles, des tourtes de gibier et des pâtisseries régionales, au chocolat ou aux pommes. Deux spécialités locales étaient proposées en entrée : des rillettes parfumées au vin blanc et des escargots farcis au beurre, ce fameux beurre des Charentes qui ne tarderait pas à gagner ses lettres de noblesse.

La gouvernante veillait à l'ordonnance des tables, dressées sur la pelouse, que protégeaient trois chapiteaux de toile blanche. La marquise lui avait recommandé de disposer des bouquets de roses entre les chandeliers, une touche champêtre, selon elle, indispensable.

Dans sa chambre aux murs lambrissés de chêne sombre, Edmond de Latour écoutait d'une oreille amusée l'écho de toute cette agitation. Afin de satisfaire son épouse, il s'habillait avec un soin particulier, ce qui l'agaçait un peu.

Élégant sans ostentation malgré sa richesse, le marquis préférait des vêtements simples et pratiques, étant le plus souvent à cheval ou dans ses vignes, chez ses fermiers. Sous ses airs énigmatiques, il avait « le cœur sur la main », comme le disaient les femmes du pays.

Pour l'heure, il luttait avec sa cravate de satin blanc. Sophie entra à point nommé, rieuse.

— Mon cher Edmond, laissez-moi vous aider, le taquina-t-elle. Nous devons éblouir nos invités. Comment me trouvez-vous ?

Avant de lui prêter main-forte, elle virevolta, une moue sur ses lèvres pulpeuses. En robe de bal couleur ivoire, de la soie brochée de motifs floraux, un collier de diamants autour du cou, elle resplendissait.

— La taille bien prise, les épaules dénudées, le décolleté très osé… Nul doute que vous ferez sensation, Sophie, répondit-il d'un ton sincère.

— Il manque les gants et un châle en dentelle qui couvrira un peu mes épaules. Vous n'avez rien dit de ma coiffure ?

Edmond fronça les sourcils, la mine rembrunie. Il avait remarqué la ligne d'étoiles en tissu d'un blanc brillant, qui formait une sorte de couronne autour de son front et descendait ensuite sur la chevelure blonde de sa femme, de chaque côté du visage.

— Votre coiffure me rappelle en effet quelque chose de très précis. Dites, l'avez-vous fait exprès ? L'impératrice d'Autriche a posé avec une parure de ce genre pour le peintre Winterhalter, il me semble. Une copie du tableau orne même votre boudoir. Je vous ai vue si souvent en contemplation devant ce portrait que je ne peux me tromper.

— Je sens que vous êtes contrarié, pourquoi donc ? s'écria-t-elle. Sissi ne m'en voudrait pas, elle, de l'imiter. Elle se serait elle-même inspirée du costume de la Reine de la nuit, dans *La Flûte enchantée* de Mozart. Il y a longtemps, en 1865, je crois, la souveraine a assisté à une représentation de ce magnifique opéra.

— Ciel, vous êtes bien renseignée, ma chère ! se moqua son mari.

— Laissez-moi terminer, Edmond… En fait, la Reine de la nuit était coiffée d'étoiles, sans doute en tissu gansé comme les miennes. Mais en ce qui concerne la toilette de l'impératrice, elle était l'œuvre du couturier Worth, dont l'étoffe, d'une finesse rare, était parsemée d'étoiles, comme sa superbe chevelure tressée. Des étoiles en diamant avec une perle au centre. Je l'ai lu dans *L'Illustration*[1]… Ciel, Sissi est tellement belle sur ce tableau, je voulais lui rendre hommage. Si vous saviez combien de fois je l'ai imaginée valsant au bras de François-Joseph, son merveilleux visage tourné vers celui de l'empereur…

Son époux leva les yeux au ciel, irrité. Il s'approcha, la fixa d'un air de reproche.

— Amélia vous a-t-elle vue ainsi ? demanda-t-il. Enfin, Sophie, vous lui ferez songer à sa souveraine, à la cour de Vienne, à ce monde qu'elle a dû quitter. Et à son fiancé perdu. Ces derniers jours, notre protégée paraissait plus gaie, moins timide, vous allez tout gâcher. Lui causer du chagrin pourrait nuire à vos projets, ma chère.

— Des projets qui sont aussi les vôtres, Edmond. Seigneur, vous n'êtes qu'un rabat-joie. En plus, je voulais faire la surprise à Amélia.

---

1. Hebdomadaire français créé en 1843.

— Et sans vouloir vous vexer, vos étoiles iraient mieux sur des cheveux bruns, le contraste serait plus saisissant, Sophie.

Dépitée, au bord des larmes, la jolie marquise arrangea néanmoins le nœud de cravate de son mari, puis elle recula, le toisa froidement et sortit en claquant la porte.

Le bruit fit sursauter Amélia, qui se préparait pour la soirée. C'était assez inhabituel de la part de ses hôtes et elle crut à un courant d'air entre deux pièces, la plupart des fenêtres du manoir étant ouvertes. Il faisait déjà chaud et l'air embaumait le foin coupé.

— Pourvu qu'il n'y ait pas d'orage, Sophie serait tellement déçue, se dit-elle tout bas.

La jeune femme enfila la bague de fiançailles que lui avait offerte Karl, un rubis serti sur une monture en argent. Elle la portait rarement, de crainte de l'égarer.

« Je la donnerai à ton enfant, mon amour ! » promit-elle au disparu.

Sophie fit alors irruption dans sa chambre sans même avoir frappé. Stupéfaite, Amélia s'affola :

— Que se passe-t-il, Sophie ? Oh… mon Dieu, que vous êtes belle ! Et ces étoiles brillantes dans vos cheveux blonds, c'est ravissant.

— Je les ai commandées à ma couturière, une personne très douée. Elle habite sur la route de Cognac, balbutia la marquise avant d'éclater en sanglots.

Désemparée cette fois, Amélia fit asseoir son amie sur le lit et la prit par l'épaule.

— Pourquoi pleurez-vous ? Vous êtes-vous querellée ? déclara prudemment la jeune baronne.

— Oui, Edmond m'a tenu un discours cruel. Il prétendait que je vous ferais de la peine, ainsi coiffée, vous savez, à cause du tableau de Sissi…

— Vraiment, s'étonna Amélia, je n'ai aucune raison de m'attrister, surtout au souvenir de Sa Majesté à qui je dois tant. Vous voir malheureuse me chagrine davantage, Sophie. Ne vous souciez pas de votre mari. Vous rêvez de cette fête depuis un mois, il ne faut pas abîmer votre teint et vos yeux…

Touchée par tant de douceur, de gentillesse, la marquise considéra Amélia avec une expression éblouie.

— Vous êtes un ange, merci de me consoler. Alors, je garde ma parure ?

— Bien sûr, vous devez être la reine de la soirée et nul ne vous fera de l'ombre. Votre toilette vous sied à merveille, vous êtes la lumière incarnée. Pardon, est-ce le bon mot ?

Souvent, la belle exilée hésitait sur un terme qui lui venait cependant spontanément aux lèvres. Sophie s'étonna encore une fois de sa maîtrise de la langue française.

— C'est le bon mot et il me va droit au cœur. Et vous, Amélia, votre robe vous plaît-elle ?

— Je serais difficile. Elle est ravissante, presque trop, et impudique pour une prétendue veuve.

Elle avait buté sur le mot « veuve ». Pourtant, c'était bien de son fiancé, de son futur mari et du père de son enfant qu'elle portait le deuil. Sophie lui fit remarquer encore une fois :

— C'est un demi-mensonge, Amélia. Vous alliez épouser Karl. Qui pourrait soupçonner, en France, que vous n'avez pas été mariée ? Et le deuil ne doit pas nuire à l'élégance.

La marquise avait choisi pour son amie une mousseline soyeuse, gris perle. L'austérité de la couleur était compensée par des roses en taffetas mauve. Quant à la coupe, inspirée de la mode du Premier Empire, elle mettait en valeur la poitrine mais voilait la taille.

— Vous pourrez encore la porter, Amélia, si nous avons d'autres dîners, insista-t-elle.

— Mais j'ai les épaules dénudées et le décolleté me paraît audacieux.

— Moins que le mien, répondit malicieusement Sophie tout en appréciant la coiffure de sa protégée, un chignon souple, avec une longue mèche torsadée sur l'épaule gauche.

» Bien, merci encore, ma chère petite amie, je dois aller me repoudrer avant de guetter nos invités. J'adore regarder les attelages arriver dans l'allée du parc.

Amélia approuva d'un sourire triste. Dès qu'elle fut seule, elle tourna sa bague de fiançailles autour de son doigt d'un geste nerveux. Il lui rebutait de paraître à cette soirée. Elle devrait faire la conversation, plaisanter, rire, peut-être danser, ce qui lui semblait peu compatible avec sa situation. Mais elle n'osait pas décevoir Sophie de Latour.

5

Une fête au manoir

La fête s'annonçait sous les meilleurs auspices. Tout le voisinage huppé était invité, familles aisées de viticulteurs et propriétaires terriens.

Un orchestre s'installait déjà sur la terrasse et l'on entendait des violonistes accorder leurs instruments. Les servantes et la gouvernante commençaient à apporter sur les tables des rafraîchissements, du pineau et du champagne, et des plats garnis d'amuse-bouches.

Amélia décida de rejoindre Sophie au rez-de-chaussée. Elle la découvrit debout près d'une large fenêtre dont les rideaux en tulle frémissaient sous la brise du soir. Ne voyant pas le marquis, la jeune baronne se détendit, fascinée par le décor idyllique du manoir illuminé. Le parc n'était pas en reste, grâce à des guirlandes de lampions en papier tendues d'un arbre à l'autre.

— Comme l'impératrice serait heureuse chez vous, dit-elle à l'oreille de la marquise. Je l'imagine là, marchant sur la pelouse, ou visitant la campagne à cheval, toujours la plus belle, la plus élégante. Personne ne résiste à son charme, à son rayonnement...

Très émue, Sophie soupira, les mains jointes.

— Je vous envie, Amélia, de l'avoir côtoyée si souvent pendant votre service à la cour. J'ai l'immense privilège de correspondre avec Sa Majesté, mais si Dieu m'accordait la joie infinie d'une seconde rencontre, ce serait le plus beau jour de ma vie. Cependant, je ne me plains pas, car vous êtes là et vous me donnez parfois l'impression d'être au palais de la Hofburg. Et vous êtes si douce, si belle, comme si vous aviez gardé sur vous, dans votre âme, un peu du prestigieux rayonnement de notre merveilleuse Sissi.

Amélia voulut protester mais une première voiture apparut au bout de l'allée. Les chevaux noirs trottaient à vive allure. Une calèche suivait et, un peu plus loin, un tilbury.

— Voici nos amis, observa Sophie.

— Je suis intimidée, j'en ai mal au cœur. Comment allez-vous me présenter ? Je me refuse à entendre le nom de famille de Karl, j'en souffrirais trop, avoua la jeune Autrichienne.

— Soyez tranquille, vous êtes une amie très chère venue mettre votre enfant au monde dans notre doux pays, votre santé étant défaillante depuis le décès de votre époux. Je ne citerai pas son nom.

Au même instant, une main chaude, musculeuse, se posa sur l'épaule d'Amélia. Le contact dura à peine deux secondes. Surprise, elle se retourna et se trouva nez à nez avec Edmond de Latour.

— Pardonnez-moi si je vous ai fait peur, baronne, mais je voulais vous rassurer. Mon épouse a dû oublier un détail d'importance. A-t-elle le droit d'évoquer votre vie à Vienne, vos relations avec l'impératrice ? Je voudrais votre accord, puisque Sophie brûlait d'impatience d'en parler avec nos invités les plus titrés.

Le marquis la fixait, souriant avec gravité.

— Edmond, vous êtes odieux ! s'indigna sa femme.

— Je vous en prie, ne vous querellez pas à cause de moi, supplia Amélia. Sophie, dites ce que vous désirez à vos amis. Et puisque je n'ai pas pu perdre mon accent, les gens sauront de toute façon que je suis une étrangère.

De plus, votre maison de cognac traite avec les Habsbourg depuis des années, en quoi serait-ce étonnant que vous receviez une invitée venue de Vienne ?

— Dans ce cas, j'ai la conscience en paix, répliqua Edmond en s'inclinant galamment.

Amélia lui adressa un regard plein d'incompréhension, teinté de méfiance, alors que Sophie l'entraînait vers le grand perron qui surplombait l'escalier en pierre.

— Quelle mouche pique mon mari, ce soir ? maugréa la marquise. En tout cas, vous savez désormais que vous pourrez trouver en lui un fervent protecteur. J'ai dans l'idée que vous lui plaisez.

— Seigneur, ne dites pas des choses pareilles, s'affola la jeune Autrichienne.

— Excusez-moi, je plaisantais. J'oubliais que vous n'êtes pas accoutumée au badinage des Français.

— Le badinage ? J'ignore ce mot.

Sophie se rendit compte qu'elle avait vraiment effrayé Amélia. Avisant un couple de ses amis qui approchait, elle expliqua très vite, d'un ton égayé :

— Pardonnez-moi, ma chère petite, je suis idiote. Nous avons souvent des prises de bec,

Edmond et moi, mais nous nous aimons. Cela dit, il nous arrive d'être charmés, chacun de notre côté, par d'autres personnes, en tout bien tout honneur, et nous en discutons sans prendre cela au sérieux, c'est du badinage... Allons, il faut nous amuser, à présent.

Mais Amélia n'avait aucune envie de se distraire. Elle croyait sentir encore sur son épaule la main du marquis et en concevait un malaise innommable. Cependant, elle n'eut pas le loisir de s'attarder sur son ressentiment. D'autres attelages remontaient l'allée. L'orchestre jouait une sonate de Mozart et Sophie accueillait ses invités et amis avec un rire de gorge satisfait quand on la félicitait sur sa robe et sa coiffure.

Le rituel des présentations dura plus d'une demi-heure, la même phrase revenant souvent :

— La baronne Amélia de Fairlik, une amie de l'impératrice d'Autriche, dont l'état de santé nécessitait les douceurs de notre climat.

Chaque fois, du moins pour ceux ou celles qui n'avaient pas encore rencontré la jeune femme, les réactions étaient enthousiastes. On s'étonnait, on tentait même une révérence, un baisemain, on insistait pour recevoir la belle étrangère le plus vite possible. Seule la bonne éducation freinait la curiosité des uns et des autres et on se promettait de poser des questions plus tard, après le dîner.

Il fallut à Amélia toute son expérience à la cour de Vienne pour garder une apparente sérénité et sourire gracieusement à tous. Sophie convia enfin la joyeuse assemblée réunie dans le grand salon à rejoindre le parc. En parfaite hôtesse, elle marcha jusqu'aux tables dressées à l'extérieur au bras d'un vieil aristocrate à la chevelure de neige.

Amélia en profita pour s'isoler dans la bibliothèque voisine, tremblante, la gorge nouée.

«Je ne pourrai jamais passer la soirée avec ces gens. Le marquis avait raison, ce n'était pas une bonne idée d'attirer l'attention sur moi», songea-t-elle.

Elle dut s'asseoir, oppressée. Sa détresse empira quand Edmond entra dans la pièce.

— Un souci, ma chère amie? interrogea-t-il à voix basse.

La clarté dorée des lampes à pétrole faisait paraître son teint hâlé encore plus cuivré. Avec ses cheveux châtains, assez longs et attachés sur la nuque, il n'avait rien d'un riche propriétaire terrien, noble de surcroît.

— Un léger malaise, monsieur, répondit-elle.

— Je tenais à vous dire combien vous êtes ravissante dans cette robe, déclara-t-il. Venez, un peu de cran. Le plus mauvais moment est passé, celui où vous avez été l'attraction du jour.

— Certes, ce n'était guère agréable, mais je devais bien ce service à votre épouse. Je lui suis tellement reconnaissante de sa bonté à mon égard, de son dévouement.

Edmond esquissa une mimique moqueuse, puis il prit Amélia par la main.

— Alors, s'il s'agit de gratitude, de dette dont il vous faut vous acquitter, vous devez faire la conquête de nos invités, de notre pays des vignes, sinon Sophie sera déçue. N'ayez pas peur, je serai votre chevalier servant…

La jeune baronne se leva, les joues empourprées à cause des doigts de l'homme qui étreignaient les siens avec tant de force et de douceur. Edmond la guida ainsi à travers le grand salon, puis il la conduisit sans hâte dans le parc.

— N'est-ce pas un tableau idyllique ? demanda-t-il en désignant les chapiteaux de toile blanche, illuminés par des dizaines de bougies en cire fine. Regardez, les toilettes des dames évoquent des fleurs épanouies.

Sophie salua leur apparition d'une exclamation ravie.

— Nous n'attendions que vous !

Le marquis prit place en face de son épouse. Amélia se retrouva à sa gauche. À sa droite paradait un négociant en eau-de-vie d'une cinquantaine d'années. Aussitôt, on lui proposa du pineau, du champagne, du caviar russe…

Emportée dans un tourbillon de paroles, de regards, la jeune femme se sentit peu à peu devenir une autre, transportée au sein d'un monde différent de tout ce qu'elle avait connu. Dames et demoiselles jouaient de l'éventail en répondant sans se troubler aux plaisanteries des messieurs à l'œil égrillard. Les meilleurs vins coulaient à flots, ce qui semblait libérer encore davantage le tempérament extravagant des Français. Du moins, Amélia, assaillie par des sourires ambigus, des flatteries qui la faisaient pouffer nerveusement, le percevait-elle ainsi.

« Je n'ai pas le droit de m'amuser ! se disait-elle. Pourtant, je voudrais rire comme les autres, ne plus avoir ce poids sur le cœur. »

Plusieurs fois, le marquis l'engagea à goûter tel ou tel plat d'une voix suave, caressante, tandis que ses yeux couleur d'ambre la scrutaient. Elle en conçut une peur insidieuse, mêlée d'une euphorie amère.

« Mon Dieu, que me veut-il ? » s'interrogea-t-elle.

Elle ne comprenait toujours pas pourquoi, avant le repas, elle l'avait laissé l'emmener par la main de la bibliothèque au jardin. Sa propre docilité l'inquiétait, comme si Edmond de Latour avait usé d'un sortilège pour vaincre sa volonté, ses réticences à son encontre.

« J'étais pareille à un animal pris au piège, et contente de l'être… »

Cette pensée accabla Amélia, qui considéra soudain le somptueux banquet, tout ce déploiement de lumière et de luxe avec une vague répulsion. Son voisin de table lui parla alors à l'oreille :

— J'espère que vous m'accorderez une danse, baronne de Fairlik. Une valse viennoise, bien sûr.

La jeune exilée bredouilla un « peut-être », déterminée cependant à refuser ensuite.

Après les desserts, lorsque vint le moment de déguster le café de Colombie, Edmond de Latour fit servir sa meilleure eau-de-vie. Amélia en sirota une goutte par politesse.

Sophie, qui ne lui avait presque pas accordé d'attention pendant le dîner, piqua l'intérêt général en s'adressant tout particulièrement à elle :

— Chère baronne, donnez-nous votre avis sur ce nectar, un nouveau cru, destiné à la cour des tsars et au palais de la Hofburg !

— Il est excellent, marquise, balbutia-t-elle.

— L'empereur boit-il du cognac ? demanda une vieille dame arborant une parure de diamants.

— Oui, je le suppose, dit Amélia.

Les questions se mirent à fuser, sur les us et coutumes des Autrichiens, sur les toilettes de l'impératrice, sur la mort de son cousin Louis II de Bavière. La jeune femme essayait de satisfaire chacun, sous le regard triomphant de Sophie.

— Mes amis, cessez de harceler notre précieuse invitée ! s'écria tout à coup Edmond. Que pensera-t-elle de la bonne société charentaise, si vous vous comportez en vulgaires curieux, en *indiscrets* ?

En appuyant sur ce dernier mot, le marquis foudroya du regard un jeune homme, dont la famille habitait un château voisin, qui avait voulu savoir si Amélia était fiancée ou mariée. En réponse, elle avait murmuré, très bas, qu'elle était veuve.

— Mon époux a raison, renchérit Sophie. Pardonnez à nos amis, chère baronne.

La marquise se leva, resplendissante, et fit un geste aux musiciens. Ils se lancèrent dans l'interprétation d'une valse. C'était le signal de l'ouverture du bal. La piste de danse n'était pas loin, en l'occurrence une vaste étendue bien plane de pelouse, dont l'herbe avait été coupée à ras.

Les convives s'y précipitèrent, dans un pétillant concert de bavardages et de rires. Bientôt, des couples tournoyèrent dans la clarté des lampions. Edmond voulut accompagner Amélia, mais il s'aperçut, sidéré, qu'elle avait disparu.

*

Amélia marchait en soulevant le bas de sa robe. Elle se glissait déjà entre les arbres qui se dressaient au fond du parc. Au cours d'une de leurs promenades, Sophie lui avait montré une porte dans le mur d'enceinte et c'était vers elle que la jeune baronne se dirigeait, à bout de nerfs, accablée.

La musique lui parvenait, obsédante, cruelle, car chaque mesure de valse évoquait le fantôme de Karl, son visage aux traits harmonieux, son sourire et la douceur de ses gestes.

« Lui seul, lui seul aurait le droit de me faire danser… Je ne veux plus voir tous ces gens, je ne peux plus», se disait-elle, secouée par de gros sanglots presque enfantins.

Le vin de Champagne qu'elle avait bu, sans réfléchir aux conséquences, la plongeait dans un état de confusion proche de la panique. Il exacerbait ses angoisses et son sentiment de solitude.

«Je suis en deuil pour l'éternité, et déshonorée aussi. Personne ne le savait, à part Sophie et son mari, mais j'avais envie de le crier à tous…»

La nuit était claire, parfumée. Amélia vit la porte à travers ses larmes.

— Il faut descendre un petit pré et, en bas, il y a le bassin des carpes, souffla-t-elle d'une voix frêle.

Au même instant, une poigne vigoureuse enserra son avant-bras. La jeune femme poussa un cri de révolte, certaine de savoir qui se tenait à ses côtés, dans l'ombre bleuâtre d'un sapin.

— Lâchez-moi, monsieur de Latour, implora-t-elle. La France ne me plaît pas, ni les bals, ni les banquets, ni la fête. J'ai cru être prise au piège ce soir, un piège tout doré, où je devrais rester parce qu'on me traite avec sollicitude, où je suis bien nourrie, habillée, choyée. Mais je ne peux pas…

Edmond retint un soupir de soulagement. Il avait eu l'intuition que leur protégée était en danger et se félicitait de l'avoir trouvée.

— Je vous lâcherai quand vous m'aurez écouté. Il n'y a pas de piège, Amélia. Cependant, je conçois sans peine votre détresse face à des étrangers, dans ce pays où les manières de vivre sont très différentes des vôtres, surtout de celles de la cour impériale. Est-ce une raison suffisante pour vouloir mourir, en condamnant un petit être innocent à subir votre sort ?

Le contact des doigts du marquis sur sa peau nue causait un malaise étrange à la jeune femme. Elle se dégagea.

— Pourquoi dites-vous que je voulais mourir ?

— Le bassin des carpes, vous chuchotiez ces mots. L'eau est assez profonde, une fillette s'y est noyée il y a une dizaine d'années.

Amélia recula d'un pas, bouleversée.

— J'aurais peut-être renoncé, avoua-t-elle. Ce n'est pas la première fois que je lutte contre le désir d'en finir. Je n'ai que vingt ans et je vais mettre au monde un enfant qui ne connaîtra jamais son père. Cette pensée me hante. Ma vie à venir me semble triste, sans espoir ! Je ne pourrai plus jamais aimer ni me marier… Maintenant, je vous prie de me laisser, je voudrais regagner ma chambre sans attirer l'attention.

— Pour vous jeter par la fenêtre et nous causer une grande peine et de sérieux ennuis ?

lança Edmond. Amélia, si nous discutions en bons amis. Venez…

Résignée, elle le suivit jusqu'à un banc de pierre, niché sous une tonnelle couverte de chèvrefeuille. De là, on entendait mieux l'orchestre et des éclats de lumière dansaient entre les feuillages. Ainsi, la nuit d'été s'emplissait d'accords harmonieux auxquels faisait écho le chant monotone des grillons.

— Marquis, je serais rassurée si nous étions amis, déclara Amélia. Hélas, ce soir, votre épouse a prononcé une parole fort gênante qui m'a fait douter du bien-fondé de ma présence au manoir.

— Et de quelle parole s'agit-il ? Sophie est capable du pire comme du meilleur.

— Votre femme a déclaré que je vous plaisais beaucoup, que vous étiez pour moi un « fervent protecteur ». J'étais honteuse et j'ai pensé que je devais m'en aller, mais je n'ai aucun endroit sur terre où me réfugier. Et vous évoquiez ce petit être innocent… Que deviendra-t-il après sa naissance ? Il n'aura jamais de nom, de légitimité.

Edmond de Latour demeura silencieux, déchiré par un débat intérieur. Il hésitait à révéler immédiatement ce qu'ils prévoyaient, son épouse et lui, certains qu'ils auraient l'accord de l'impératrice.

— Votre souveraine a décidé de vous aider, Amélia. J'ai la conviction qu'elle a songé au sort de votre bébé. C'est une mère, une femme de cœur, qui a souffert de ne pas pouvoir s'occuper de ses enfants. Je l'ai su par le courtier de mon père. Il se rendait à Vienne au printemps et en automne. Que ce soit en France ou en Autriche, les domestiques sont bavards. Notre commis de livraison a entendu bien des choses. Le récit des malheurs de l'impératrice me touchait. Je n'étais qu'un garçon de dix ans, mais j'imaginais la sévère archiduchesse Sophie privant une merveilleuse jeune femme des joies de la maternité.

Les intonations chaleureuses du marquis, la douceur de sa voix virile, grave et profonde, berçaient Amélia. Elle pencha la tête, émue.

— Par bonheur, Sa Majesté a pu élever elle-même Marie-Valérie, dit-elle tout bas. Je vous remercie pour vos paroles de réconfort, monsieur, mais qu'en est-il des propos de votre épouse ? Elle m'a parlé de badinage, je n'ai pas compris ce qu'elle voulait dire.

Edmond s'apprêtait à lui répondre mais il fut interrompu par deux jeunes filles qui s'étaient aventurées dans la pénombre du parc en chantonnant. Leurs robes claires évoquaient de fantasques fleurs apparues par quelque magie sous le couvert des arbres. Soudain, elles repartirent vers le manoir en virevoltant.

— Mon Dieu, ces demoiselles ont dû nous voir, s'affola Amélia. C'est très inconvenant d'être là, ensemble.

— Je me moque du jugement d'autrui tant que j'ai ma conscience pour moi, rétorqua le marquis. Badiner, chère amie, équivaut à plaisanter, à affirmer une chose à la légère, sans lui accorder d'importance. Les Français en usent et en abusent. Je vous en prie, ne tremblez plus ainsi, ne pleurez plus en cachette dans votre chambre. Oui, je suis votre protecteur, étant le maître du domaine. Et je serais un goujat si je prétendais que vous me déplaisez, belle comme vous l'êtes. Savez-vous ? Le champagne me plaît aussi, les roses blanches, les chevaux de race…

Interloquée, Amélia eut un faible rire proche des larmes.

— C'est encore du badinage ? s'enquit-elle.

— Exactement. Un dernier conseil : malgré le deuil, l'exil, il faut être heureuse, du moins tenter de l'être, afin d'honorer la mémoire de votre fiancé, de respecter la vie, aussi. Les épreuves que vous avez traversées ne doivent pas vous détruire. Vous me faites penser à un oiseau blessé, affolé parce qu'on l'a recueilli et qu'on tient à le soigner. Je n'ai qu'un souhait, vous voir guérie et prête à voler de nouveau.

On avait rarement parlé de la sorte à la jolie baronne de Fairlik. Touchée, elle sortit un mouchoir parfumé à la violette de sa bourse en mailles d'argent et essuya ses yeux.

— Je vous remercie, dit-elle dans un souffle. Je tenterai de suivre vos conseils.

— J'en suis comblé, Amélia. Faites à votre guise, à présent. Vous pouvez regagner votre chambre ou admirer les danseurs.

— Et vous ?

— La compagnie de mes chevaux me semble plus agréable que celle de nos invités, je vais faire un tour dans les écuries. Et n'oubliez pas, Amélia, mettre un enfant au monde ne doit pas être une source de honte, quelles que soient les circonstances de cette naissance… Notre époque se veut éprise de moralité et la société est coincée dans ses principes. Si votre fiancé était encore en vie, personne ne vous jugerait. Vous êtes simplement victime d'un cruel coup du sort. Je crois au destin, peut-être le vôtre est-il en marche, alors luttez, ayez foi en votre avenir.

La jeune femme hocha la tête comme si elle partageait ce point de vue, mais au fond de son esprit l'angoisse et le doute persistaient.

— Le destin ! soupira-t-elle. En Autriche, les gens se plient à la volonté divine. « Dieu donne, Dieu reprend. » Le père de Karl m'a asséné ces mots une heure après sa mort.

Ils marchèrent en direction du manoir, où la fête battait son plein. La lune s'était levée et jetait sur le sol des reflets argentés. Edmond put contempler le délicat profil d'Amélia. Il devina qu'elle était plongée dans un passé douloureux et il respecta son silence. Soudain, elle se tourna vers lui.

— Si vous croyez au destin, cela signifierait-il, par exemple, que ma présence chez vous n'est pas seulement due à la volonté de l'impératrice de me secourir ? Que je devais connaître ce pays, votre famille ?

— J'en ai la certitude, mais je ne pourrais vous l'expliquer ! La première fois que je vous ai vue, je l'ai su. Amélia, notre absence doit commencer à intriguer, séparons-nous. Demain, nous aurons un entretien, Sophie, vous et moi. J'espère que vous serez définitivement rassurée, ensuite. Et ne m'évitez plus, je n'ai aucune intention déplacée à votre égard.

Il la salua et se dirigea vers les communs, en ayant soin de se dissimuler dans l'obscurité d'un bosquet de sapins. Désemparée, Amélia fit également un grand détour pour rejoindre l'escalier en pierre sans être vue. L'orchestre jouait un air entraînant, qui annonçait un quadrille. Des éclats de rire lui parvinrent, dominés par celui, plus aigu, de la marquise.

6

Le piège doré

Une fois dans sa chambre, Amélia s'allongea sur son lit, ferma les yeux.

« Sophie n'a pas l'air de s'inquiéter de moi ni de son mari, songea-t-elle. Mon Dieu, j'ai très mal jugé Edmond de Latour. Ce soir, il m'a paru plein de compassion, loyal, amical… oui, un homme d'honneur. »

La jeune femme se promit de se montrer moins méfiante désormais envers le marquis, de savourer les menus plaisirs du quotidien, dans ce cadre agréable, aux allures de petit paradis.

Elle aurait été bien étonnée et très déçue si elle avait eu l'occasion de surprendre la discussion houleuse de ses hôtes.

*

Edmond de Latour ne s'était pas attardé dans l'écurie. Il venait de retrouver son épouse, qui dansait avec entrain, un peu ivre. Sophie, abandonnant aussitôt son partenaire, l'accueillit d'un regard dur.

— Où étiez-vous ? demanda-t-elle tandis qu'il l'entraînait à l'écart. De quoi avais-je l'air ? Mme de Saint-Edme m'a fait remarquer sournoisement que la baronne de Fairlik s'était éclipsée, comme vous.

— Oui, je suis parti à la recherche d'Amélia dès que je me suis aperçu qu'elle n'était plus à la table. Sophie, si je n'avais pas écouté mon intuition, je pense que notre précieuse protégée serait au fond du bassin à carpes à l'heure qu'il est. Elle s'y rendait. Je suis arrivé alors qu'elle s'apprêtait à ouvrir la porte donnant sur le pré.

— Quoi ? Que dites-vous ?

Affolée, la marquise se cramponna au bras de son mari pour l'emmener encore plus loin de leurs invités.

— Nous aurions dû être plus vigilants, son cœur saigne encore. Je vous avais mise en garde, Amélia cache son chagrin, sa honte, et sans l'éducation rigide qu'elle a reçue en Autriche, elle serait incapable de donner le change.

— Non, je ne vous crois pas, elle n'est pas si malheureuse chez nous. Je passe beaucoup plus de temps avec elle que vous, Edmond.

— Pourtant, ce soir, elle avait envie de mourir, Sophie, malgré l'enfant qu'elle attend, cet enfant qui a pris une telle importance pour vous.

— Et pour vous, mon pauvre ami, puisque je n'ai pas pu vous offrir d'héritier. Seigneur, quelle tragédie atroce nous aurions vécue, si Amélia s'était supprimée ! Peut-être qu'elle n'a pas changé d'idée et va encore tenter d'en finir. Que faire, Edmond ? Nous ne pouvons la surveiller la nuit, ni du matin au soir. Il faut qu'elle nous promette de ne plus attenter à ses jours.

La marquise, terrifiée, n'était plus qu'une femme en larmes qui se réfugiait dans les bras de son époux.

— J'estime lui avoir dit ce qu'il fallait, mais ne commettez plus de telles erreurs. Sophie, était-ce judicieux d'insinuer qu'elle me plaisait ? Puis de la présenter comme une amie de l'impératrice, de faire commencer le bal par une des plus célèbres valses de Vienne ? Comment pouvez-vous être aussi égoïste, et de plus maladroite ? Amélia était obligée de penser à son fiancé, à sa condition de jeune aristocrate déshonorée. La pudeur l'empêche d'évoquer ce point, mais elle sait bien qu'elle ne peut plus prétendre à un mariage convenable. De surcroît, en clamant haut et fort son appartenance à la cour des Habsbourg, vous sous-entendiez qu'elle y retournerait bien vite.

— Bien sûr qu'elle y retournera, rétorqua Sophie. Edmond, nous avons l'intention d'adopter son enfant. Elle ne peut pas refuser une telle chance. Ce petit aura un nom, une famille riche, il recevra la meilleure éducation et héritera de nos biens. Aucune mère ne refuserait, n'est-ce pas ? Mais je veux pouvoir pouponner, cajoler un nourrisson, connaître cet immense bonheur dont la nature m'a privée. Amélia devra l'accepter et partir après la naissance. L'impératrice ne nous a pas choisis au hasard, ou par simple sympathie. Je lui ai souvent écrit pour lui confier ma douleur d'être inféconde. Je suis certaine qu'elle a eu la même idée que nous.

— J'en doute fort, nous n'en avons pas la preuve.

La marquise repoussa son époux d'un geste excédé. Elle déambula autour d'un magnolia centenaire dont les fleurs blanches dégageaient un parfum délicieux.

— Amélia a tout perdu, pourquoi lui prendre son bébé ? gronda-t-il.

— Mais que deviendra-t-il, sinon ? Un bâtard placé en nourrice ? La baronne ne le verra pas grandir, que nous l'adoptions ou non.

— D'où la solution que je vous ai proposée, Sophie. Proposons à Amélia de vivre près du manoir, dans le pavillon de chasse que je ferai aménager. Elle pourra nous rendre visite et devenir la nurse de son enfant. De toute façon, nous devons lui dire la vérité. Dans ce but, je lui ai annoncé que nous aurions un entretien demain, tous les trois. C'est une jeune femme fragile, si vous tenez à ce qu'elle reste en vie, cessez de vous conduire en dépit du bon sens.

Douchée par le ton autoritaire de son mari, Sophie sécha ses larmes avant de capituler.

— Très bien, vous êtes le maître, mon ami, persifla-t-elle. Cependant, sachez une chose, quoi que nous décidions, il faudra l'agrément de l'impératrice.

*

Après le déjeuner dominical, Edmond convia Sophie et Amélia dans son bureau. Il avait perçu, pendant le repas, la nervosité des deux jeunes femmes et il s'était montré plus attentionné encore que d'ordinaire. Il avança son fauteuil en cuir pour son épouse, qui y prit place, sans un mot.

— Baronne, je vous en prie, dit-il en désignant un autre siège à Amélia, qui se tourmentait beaucoup au sujet de l'entretien annoncé la veille.

Le marquis les considéra à tour de rôle, secrètement ému de les voir anxieuses, dans l'attente de ce qui se dirait d'un instant à l'autre.

— Chère Amélia, commença-t-il, l'incident d'hier, durant la fête que nous avons donnée, nous a déterminés, Sophie et moi, à clarifier nos situations respectives et à vous dire ce que nous souhaitons vraiment depuis votre arrivée au manoir.

— Et je pense que l'impératrice partage ce souhait, énonça Sophie d'une voix tendue.

L'attitude de la marquise, qu'elle n'avait jamais vue aussi taciturne, discrète, engendra une vive appréhension chez la jeune fille. Elle se vit congédiée, devenue indésirable.

— Mais de quoi s'agit-il ? demanda-t-elle. Je vous dérange, je suis une cause de discorde entre vous ?

— Non, n'allez pas imaginer de sottises, protesta Edmond d'un ton chaleureux. Nous sommes très heureux de vous accueillir chez nous, sous le toit de mes ancêtres. Deux mois se sont écoulés et nous vous connaissons mieux, Amélia.

Sophie tordait entre ses doigts un délicat mouchoir en soie, exaspérée par les précautions que prenait son mari. Soudain, elle perdit son calme.

— Mon époux va discourir une heure pour vous dire une chose très simple, nous voudrions adopter votre enfant, lui offrir une famille, un nom, un titre. Je ne vous en avais pas parlé encore, mais la nature me refuse le bonheur d'être mère. Et j'ose évoquer l'impératrice à ce sujet, parce que je lui ai souvent confié, dans mes lettres, mon chagrin et ma honte de femme stérile. J'ai donc la conviction que notre chère Sissi a envisagé cette solution-là, sans nous le préciser, mais un courrier le prouvera bientôt, j'en suis certaine.

Sur ce cri du cœur, la marquise fondit en larmes, sous le regard navré de son époux et apitoyé d'Amélia.

— C'est très généreux de votre part de vouloir adopter mon enfant, répondit-elle faiblement. Je suis tellement surprise.

Edmond s'était assis et gardait le silence. Il semblait mal à l'aise, le teint livide. Sophie en profita.

— Bien sûr, ma chère amie, je vous donnerai des nouvelles régulières de lui, ou d'elle, quand vous serez repartie pour Vienne. Je vous enverrai des photographies à chacun de ses anniversaires et…

— Sophie, je vous en conjure, taisez-vous ! s'écria durement son mari. Vous allez à l'encontre de mes propres idées dans l'espoir que je ne vous contredise pas.

Effarée, Amélia résista à l'envie de s'enfuir le plus loin possible du domaine de Bellevue, quitte à endosser le pénible sort des filles mères et se réfugier dans un établissement de charité publique. Le marquis le sentit.

— Vous devez m'écouter, Amélia, dit-il très vite, d'un ton vibrant d'une singulière passion. Il me semble important que vous réfléchissiez bien avant de prendre une décision et je tiens à préciser ma façon d'envisager cette adoption. J'estime cruel de priver une femme de son enfant, aussi ai-je prévu, au cas où vous accepteriez, d'aménager le pavillon de chasse du manoir. Vous pourrez vous y installer après la naissance, et par la suite, avec l'accord de l'impératrice, rester chez nous en tant que nurse.

Abasourdie, Amélia jeta un regard affolé au marquis, puis à son épouse, manifestement mécontente.

— Je ne sais que dire. Vraiment, c'est trop de bonté de votre part, monsieur. De vous aussi, Sophie. Mais ai-je le choix, surtout si, comme vous le pensez, Sa Majesté a jugé que c'était une bonne solution ? Je me plierai à la volonté de l'impératrice en toutes choses.

La jeune baronne autrichienne en imposa à Sophie par sa dignité et son apparente docilité. La marquise eut alors la certitude qu'elle gagnerait la partie, si elle jouait de patience.

— Je serai franche, Amélia. Puisqu'il était convenu que votre séjour ici durerait environ une année, je ne m'en cacherai pas, j'ai cru, si vous consentiez à notre arrangement, que j'aurais la joie de pouponner. Mais c'était égoïste, mon époux me l'a fait comprendre. Réfléchissez à votre aise, c'est plus sage. Le bébé naîtra en octobre. D'ici là, nous aurons forcément reçu les consignes de l'impératrice. Il ne faut rien précipiter, n'est-ce pas, Edmond ?

Le marquis hocha la tête d'un air las. Amélia se leva et salua le couple.

— Je remonte dans ma chambre, dit-elle avec douceur. Ne vous inquiétez pas, chère Sophie, ma décision est prise. Je ne pouvais pas espérer une famille plus honorable pour le petit que j'attends. Et il serait moins douloureux, je crois, de m'en séparer rapidement. Je sais qu'il sera choyé, aimé, qu'il portera votre nom. Je n'aurai pas assez de ma vie pour vous remercier, tous les deux. Hier soir, je l'admets, j'avais envie de mourir tellement je redoutais le sort qui menaçait mon enfant, le triste sort des enfants illégitimes. Aujourd'hui, grâce à votre bonté, je n'ai plus peur.

Elle les salua à nouveau, d'une gracieuse révérence, et sortit en souriant.

— Vous êtes satisfaite ? interrogea tout bas le marquis.

— Mais oui, je suis comblée, répondit sa femme.

Elle fondit en larmes, persuadée que son mari allait venir l'enlacer, partager son émotion. Cependant, il ne bougea pas, les bras croisés sur sa poitrine, le regard lointain.

Une demi-heure plus tard, le maître de Bellevue menait son étalon au grand galop sur un chemin qui s'étendait entre deux vignobles. Son cœur meurtri cognait à la cadence infernale de la course, son visage anguleux exprimait une peine teintée d'incrédulité.

Edmond arrêta son cheval près d'une ancienne croix de pierre, plantée à l'entrée d'un bois de chênes.

— Pourquoi, mon Dieu, dit-il d'un ton amer, pourquoi m'imposer une telle épreuve, pourquoi avoir amené Amélia auprès de moi si je dois la perdre ?

*

Manoir de Bellevue, mercredi 8 août 1888

Les premiers jours du mois d'août s'étaient écoulés dans une atmosphère de calme complet dû aux fortes chaleurs, comme c'était souvent le cas en Charente. Les persiennes du manoir restaient à demi closes de midi au crépuscule, le soleil grillait l'herbe rase de la campagne et, le soir, quand l'air fraîchissait un peu, s'élevait le concert familier des grillons, auquel s'ajoutait la chanson en grelots des crapauds.

Les moissons étaient terminées, mais dans chaque ferme du domaine on attendait le temps des vendanges.

Sophie de Latour portait ce jour-là une légère robe de calicot blanc. Sa peau rose de blonde donnait des reflets de perle au fin tissu et cette tenue vaguement négligée la faisait paraître encore plus belle.

Amélia, en la regardant, ressentit un pincement désagréable au cœur. La taille de Sophie restait mince, souple, tandis que la sienne avait épaissi. Depuis une semaine, elle avait troqué ses toilettes habituelles contre une robe plus ample, confectionnée par la couturière de la marquise.

En ce début d'après-midi, les deux femmes se tenaient dans le petit salon, la pièce la plus agréable du manoir durant l'été.

— Je n'avais jamais passé un mois de juillet aussi tranquille, déclara Sophie, debout près de la fenêtre. C'est grâce à vous, Amélia, à votre décision. Chaque matin, je me réveille malade de bonheur, depuis ce fameux entretien, le lendemain du bal, où vous avez accepté de nous confier votre enfant.

— N'en parlons plus, chère amie, supplia la jeune baronne. Cependant, je suis beaucoup plus sereine moi aussi, je le reconnais. Seul compte l'avenir de ce petit innocent, qui mérite d'avoir un père et une mère.

— Et l'impératrice nous a tous félicités pour cet arrangement. Mon Dieu, ma chère Amélia, je vis un rêve, un merveilleux rêve !

Médusé, Edmond de Latour avait vu une vive amitié, doublée d'une vraie complicité, naître entre son épouse et leur protégée. Sophie et Amélia étaient devenues quasi inséparables et leurs caractères respectifs avaient changé au fil des jours.

« Mon épouse a perdu sa fantaisie, elle se montre souvent d'une charmante gravité, moins coquette aussi. Elle lit des poésies et se passionne pour la couture, se disait-il. Quant à Amélia, elle n'a plus cette expression de profonde tristesse, je l'ai entendue rire plusieurs fois. »

Même si cet état de choses le réjouissait, le marquis se sentait exclu de ce petit cercle féminin. Pendant les repas qui les réunissaient, il se lassait de faire la conversation et, selon Sophie, se rembrunissait de plus en plus. Elle ne voyait pas les regards furtifs, ardents, qu'il posait sur Amélia.

Comme exutoire, le maître du domaine partait à cheval à la moindre occasion et elles ne manquaient pas. Les vignes réclamaient des soins constants, presque quotidiens. Edmond en profitait, s'attardant souvent chez ses fermiers.

Ses absences répétées ne dérangeaient pas la marquise, qui veillait sur Amélia comme sur un trésor. Là encore, dans la fraîcheur agréable du petit salon, elle observait la jeune femme d'un œil soucieux.

— Le bébé a-t-il bougé ce matin ? interrogea-t-elle.

— Oui, Sophie. Je vous promets qu'il bouge souvent et me semble vigoureux.

La baronne, assise au creux d'une bergère, replongea le nez dans son ouvrage, un carré de lainage blanc qu'elle bordait de dentelle. Elle eut un sourire ému, se souvenant en son for intérieur de la première fois qu'elle avait perçu un mouvement ténu dans son ventre.

« C'était au mois de juin, la veille de la fête, mais je n'ai osé en parler à personne... Quelle sensation étrange, percevoir une vie en soi, une vie toute neuve. »

Vite, elle chassa cette pensée de son esprit, aguerrie en la matière, car elle s'interdisait de considérer l'enfant comme le sien.

— Au fait, chère Sophie, déclara-t-elle pour songer à autre chose, j'ai terminé le petit travail que vous m'aviez demandé avant-hier. C'est assez succinct, mais exact.

— Déjà ? Merci, Amélia, je suis ravie.

La marquise, toujours fascinée par l'impératrice, désirait savoir combien Sissi avait de frères et de sœurs. La jeune baronne s'était estimée en mesure de la satisfaire.

— Tenez, dit-elle en lui tendant une feuille de vélin d'un blanc ivoirin. Lisez, Sophie…

— Je lis à voix haute, dans ce cas, si cela ne vous ennuie pas.

— Mais non, pas du tout. Je vous préviens, j'ai noté ce qui me venait sans grande logique, et sans talent.

— Peu importe ! jubila la marquise.

Une mine de fillette éblouie sur le visage, elle prit place en face d'Amélia, sur une banquette tapissée de velours rose. Elle soigna son intonation pour déclamer :

— « Le frère aîné de Sissi, Louis-Guillaume, est né en 1831, mais il a renoncé à ses droits pour pouvoir épouser la femme qu'il aimait, une actrice, Henriette Mendel. » Ciel, comme c'est romantique ! s'écria Sophie. « Le petit Guillaume Charles, venu au monde, comme Sissi, un soir de Noël, en 1832, n'a vécu que deux mois. » Seigneur, deux mois seulement ! ajouta-t-elle, sans voir le frisson d'angoisse qui faisait tressaillir Amélia. « Ensuite, il y a Hélène Caroline Thérèse, née en 1834, la première fille de la duchesse Ludovica et du duc Maximilien. En Bavière, on la surnommait Néné. Elle s'est mariée en 1858 avec le prince Maximilien de Thurn und Taxis. Hélas, le prince est mort en 1867, laissant Hélène et leurs quatre enfants désespérés. »

La marquise soupira, navrée, puis elle reprit sa lecture :

— « Élisabeth Amélie Eugénie, notre Sissi, est née trois ans plus tard, en 1837, suivie de Charles Théodore, en 1839. Lui, c'était *Gackel*, ce qui signifie "petit coq". Il a épousé en premières noces Sophie de Saxe, qui est morte si jeune de la grippe, puis l'infante Marie-Josèphe du Portugal. Il souhaitait devenir médecin… il me semble. »

— Certains enfants de Ludovica héritaient d'un surnom, précisa Amélia. C'est touchant, n'est-ce pas ?

— J'en donnerai un au bébé, affirma Sophie, radieuse. « Elle a encore mis au monde Marie Sophie Amélie, en 1841, qui a épousé le roi François II des Deux-Siciles, puis Mathilde Ludovica, née en 1843, dite *Spatz*, ou "moineau" en français, mariée au prince Louis des Deux-Siciles. Enfin, Sophie Charlotte Auguste, née quatre ans plus tard, en 1847, qui a épousé il y a vingt ans déjà le prince Ferdinand d'Orléans. Le benjamin, Maximilien Emmanuel, ou

Mapperl, est né en 1849, et grâce au soutien de l'impératrice, il est marié avec la princesse Amélie de Saxe-Cobourg-Gotha depuis treize ans. » Comment vous remercier, Amélia ? s'extasia Sophie. Il faudra que je me procure des portraits des jeunes sœurs de Sissi. Et pourquoi avez-vous écrit « grâce au soutien de l'impératrice » ?

— Maximilien et la princesse Amélie étaient très épris l'un de l'autre, mais cette dernière était promise au prince Léopold de Bavière. Sissi, touchée par le chagrin de son frère et d'Amélie, a proposé au prince Léopold sa propre fille, Gisèle, qui avait alors seize ans. Ils ont eu quatre enfants. Le petit dernier, Conrad, a cinq ans.

— Il faudra me raconter d'autres histoires de la cour, je vous en prie.

— Je n'y suis restée que trois ans. Par chance, Marie-Valérie m'a confié beaucoup d'anecdotes sur sa famille. Saviez-vous, notamment, que Sissi a quand même suscité l'admiration de sa belle-mère à l'époque où l'empereur était en guerre contre Napoléon III. Il avait laissé sa jeune épouse à Vienne et, afin de combattre son ennui, sa solitude, l'impératrice a inauguré un hôpital au château de Laxenbourg pour que les blessés rapatriés puissent être soignés. Elle y passait des journées entières, jusqu'à l'épuisement. L'austère archiduchesse Sophie, pour une fois, a reconnu son courage.

— Pauvre Sissi, remarqua la marquise.

La jeune Autrichienne se tut, songeuse, cherchant dans ses souvenirs ce qu'elle pourrait encore raconter, mais un peu lasse, elle renonça. En quelques semaines, son chagrin s'était atténué. Karl lui semblait appartenir à un passé révolu, où elle avait été une autre Amélia, soumise au sévère protocole de la cour.

« Je rencontrais mon fiancé à certaines occasions, le plus souvent devant témoins. Il était beau, instruit, nous étions très amoureux, mais nous nous connaissions bien peu, au fond, se dit-elle, le cœur lourd. Oui, bien peu, bien que nous soyons devenus amants… »

7

La visite impériale

Amélia rangea son aiguille et son fil, replia le carré de laine, accablée par l'amer constat qu'elle venait de faire. De toutes ses forces, la jeune femme voulut repousser une autre pensée importune. En vain.

« Matin et soir, je côtoie Edmond. Je le suis des yeux quand il s'éloigne à cheval. J'éprouve une sorte de soulagement bizarre lorsqu'il est là, proche de moi, qu'il nous rejoint dans le salon ou le boudoir. Je voudrais pouvoir discuter avec lui, comme le soir du bal. Mais ce n'est que de l'amitié, du respect. Rien d'anormal, j'ai rarement fréquenté un homme de son âge, instruit et généreux. J'ai le droit de l'apprécier... »

— Amélia ? appela Sophie. Qu'avez-vous ? Un malaise ?...

— Non, je vous assure, l'air est lourd. J'ose à peine imaginer la chaleur qui règne dehors.

— Une fournaise, à mon avis. Je vais sonner la gouvernante, qu'on nous apporte du thé et des fruits. Quel dommage de ne pas pouvoir aller à Royan cet été… J'aime tant le bord de mer, soupira la marquise. Ma famille possède une grande villa sur la corniche qui rejoint Saint-Palais. Mon père l'a fait construire en s'inspirant des temples grecs, avec des colonnes et une immense terrasse. On entend les vagues toute la journée, le vent est frais, avec un parfum iodé. Ma chère petite amie, j'aurais aimé vous y emmener… Il y a, près du casino de Royan, un glacier qui fait des sorbets délicieux. Mes amies de Cognac sont déjà là-bas, j'en suis sûre. Mais nous devons penser au bébé. Il est hors de question de vous imposer un voyage en calèche dans votre état. Il faut prendre le train à Saintes, ce serait trop risqué, comprenez-vous ?

Amélia, très intuitive, devina, à ses intonations enthousiastes, que son amie renonçait à un séjour enchanteur.

— Sophie, vous me peinez, répondit-elle d'une voix douce. Hier, vous m'avez parlé de Royan, de votre goût pour les bains de mer. Je vous en supplie, ne changez rien à vos habitudes, partez avec votre époux. Je serai très à mon aise à Bellevue. Je ferai la sieste, puis le soir, après dîner, un petit tour dans le parc. Et j'aurai de la lecture, votre bibliothèque offre un grand choix de romans. Je ne veux pas vous priver de cette joie.

Sophie fit un geste évasif, tout en souriant.

— Non, je ne vous laisserai pas seule ici. Nous emmenons toujours Vincent, je ne peux pas me passer de sa cuisine, et Lucienne. Notre gouvernante m'est indispensable. Certes, Jeanne, la femme de chambre, resterait à votre service et elle sait préparer des repas…

— Alors, vous voyez bien, il n'y a aucun obstacle.

— Non, je ne serais pas tranquille. Et si vous tombiez malade ou si le bébé naissait trop tôt ?

— Votre docteur affirme que je vais bien, que la naissance aura lieu début octobre, insista Amélia.

— Mais j'aurais voulu vous faire découvrir l'océan, notre océan, ses vagues d'un bleu-vert magnifique, ses algues, ses rochers. Amélia, vous n'avez jamais vu la mer ! Et puis on déguste à Royan des coquillages savoureux. Oh, je maudis notre vieux médecin. C'est lui qui vous a déconseillé le moindre déplacement. Même par le train. Il est stupide, beaucoup trop prudent. Je me souviens de ma mère, personne ne l'aurait empêchée, quand elle était enceinte de mon frère, d'enfourcher sa jument... Ah, ces médecins ! Ils nous mènent par le bout du nez...

La marquise poussa un soupir exaspéré. Amélia s'apprêtait à la réconforter, quand un bruit de pas résonna dans le vestibule.

La porte du petit salon fut poussée délicatement et Edmond entra, ses bottes d'équitation en cuir rouge maculées de terre sèche. En dépit de la canicule, il venait de monter son étalon préféré et ne s'était pas changé. Sa chemise blanche, échancrée sur la poitrine, dévoilait sa peau hâlée, parsemée de poils dorés.

À sa vue, Sophie ne put réprimer un élan de sensualité. Elle courut vers lui et glissa une main caressante autour de sa taille. Edmond la repoussa gentiment.

— Ma chère épouse, s'étonna-t-il en riant, d'ordinaire, vous n'aimez pas m'approcher quand je reviens des écuries.

Elle fit la moue, comme une enfant.

— Vous êtes le seul capable de trouver une solution. Nous en discutions avec Amélia.

— Racontez-moi tout ! Je vais essayer de vous aider, dit-il avec galanterie. Mais permettez-moi d'endosser auparavant une tenue plus décente.

Les deux femmes le regardèrent sortir après qu'il se fut incliné devant elles, l'air malicieux.

Deux heures plus tard, tous trois buvaient une citronnade fraîche, assis sur la terrasse.

Les rayons du soleil, plus obliques, jetaient sur le paysage un voile lumineux qu'accrochaient les feuillages des frênes et des peupliers, au bord du ruisseau. Un vent frais s'était levé, qui semblait annoncer un orage.

Au loin, des vaches appelaient, sans doute pressées de rentrer à l'étable. Les hirondelles volaient bas, jetant des cris aigus auxquels faisait écho le roucoulement des pigeons.

« Combien j'aime ce paysage », songeait Amélia, très silencieuse, perdue dans une rêverie qui conférait à son visage une expression un peu tragique.

Sophie et son mari, quant à eux, discutaient de leur séjour à Royan. Edmond trancha la question de sa voix posée, dont les tonalités graves ajoutaient à son charme :

— Je ne veux pas vous voir triste, ma chère épouse. Nous partirons vendredi, mais pour une semaine seulement. Les vendanges seront précoces, je ne peux pas m'absenter plus longtemps. Je comprends très bien qu'il vous coûte de laisser Amélia seule ici, je vais donc inviter ma tante Caroline. Elle sera une excellente compagne pour vous, baronne. C'est une vieille dame très instruite, discrète et douce, que vous aimerez aussitôt. Je lui dois la vie. Elle m'a élevé, disons qu'elle veille sur moi depuis ma naissance. Enfin, elle vous racontera tout cela elle-même, si vous le désirez.

— Je vous remercie, monsieur, dit Amélia. C'est une attention délicate, même si je pouvais m'accommoder d'un peu de solitude. Mais je suis heureuse de rencontrer une de vos parentes.

La marquise exultait. Elle frappa dans ses mains, les joues roses d'émotion, puis elle embrassa son mari.

— Mon chéri, je suis tellement contente. Vous êtes l'homme le plus adorable de la terre, le plus avisé ! Comment ai-je pu oublier votre tante ? Amélia, nous vous rapporterons un cadeau, quelque chose de rare, de très chic.

Sophie se leva avec précipitation. Elle leur expliqua qu'il lui fallait absolument commander un menu spécial, ce devait être un dîner exceptionnel, tant elle était heureuse. En s'éloignant, elle leur cria :

— Et nous boirons du champagne !

Amusé par l'euphorie de sa femme, Edmond souriait en observant le ciel.

— Pardonnez-lui son égoïsme, dit-il tout bas à Amélia, sans la regarder.

— Son égoïsme ? répéta-t-elle, indignée. Votre épouse est dévouée et généreuse. Ma présence chez vous ne doit en rien changer ses habitudes. Pour ma part, je serai très bien ici, avec votre tante. Bellevue sera un peu vide sans vous, un peu triste, peut-être…

Edmond, soudain nerveux, se leva et alla s'appuyer à la balustrade de pierre. Il contempla les vignes qui s'étendaient sur les coteaux voisins.

— Sans nous deux, Sophie et moi, je suppose, soupira-t-il de manière presque inaudible.

— Mais oui, je voulais dire sans vous deux, pas autre chose.

Il se retourna et la fixa intensément. Elle se troubla, agita son éventail.

— Pardonnez-moi, jeta-t-il d'un ton sec avant de franchir la porte-fenêtre et de marcher d'un pas vif jusqu'à son bureau.

Amélia joignit les mains et se mit à prier pour ne pas se mettre à pleurer, bouleversée par ce qu'elle avait lu dans les yeux du marquis.

*

Domaine de Bellevue, jeudi 9 août 1888

— Chère tante Caroline, j'ai l'honneur de vous présenter la baronne Amélia de Fairlik, notre invitée depuis le mois d'avril.

Edmond de Latour tenait la main d'une alerte vieille dame, au corps dodu drapé de noir. Un col de dentelle immaculé faisait ressortir son visage au teint de pêche, que les rides ne parvenaient pas à enlaidir, car on ne voyait que ses grands yeux gris, pailletés d'or, qui posaient sur les gens et les choses un regard passionné.

Amélia fit en retour une gracieuse révérence, comme celles qui étaient de mise à la cour impériale, mais en souriant de tout son cœur à la fameuse tante Caroline. Sa surprise égalait sa joie. Sophie lui avait dit que la vieille dame avait plus de quatre-vingts ans, on lui aurait donné à peine soixante-cinq printemps… La voix aussi était gaie, haute et ferme :

— Bonjour, Amélia ! Oublions tout de suite les « marquises » et les « baronnes » ! Je vous appellerai Amélia, car nous n'allons pas passer une semaine à jouer les mondaines. J'ai horreur des simagrées.

Lucienne, montrez-moi ma chambre, je voudrais me rafraîchir… Non, je boirai d'abord un verre de vin blanc, avec une douceur à grignoter.

La gouvernante opina et s'empressa de donner des ordres en cuisine.

— Quel luxe ici ! s'exclama Caroline de Latour.

Elle déambula dans le grand salon, arrangea une rose dans un bouquet, effleura d'un doigt une statuette en marbre. La vieille dame respirait la malice et la gentillesse. Amélia en fut aussi séduite que stupéfaite. Edmond, resté auprès d'elle, éclata de rire.

— Vous comprenez pourquoi une telle femme a pu sauver le nourrisson à demi mort que mon père lui a confié. Je l'aime comme ma mère. Elle prendra soin de vous, Amélia…

Le marquis eut un sourire énigmatique et prit congé.

*

Sophie avait décidé de dîner dans la salle à manger, une pièce ronde située dans une des deux tours. D'une humeur joyeuse, la marquise, vêtue de sa robe en cotonnade blanche qui dénudait ses bras et son dos, n'avait fait aucun effort de toilette. Les cheveux défaits, retenus en arrière par un ruban autour du front, elle paraissait très jeune, le teint coloré par l'excitation du départ et la chaleur qui ne lâchait pas prise.

— Tante Caroline, j'ai commandé à Vincent quelque chose de léger, de la salade de laitue et des œufs durs. Il servira ensuite de la pintade froide en gelée.

— Je ne suis pas difficile, Sophie. J'aurais pu me contenter d'un potage et d'un fruit. Mais dites-moi, ma chère, dans cette tenue, vous êtes prête pour vos bains de mer. Mon Dieu, je me demande chaque été à quoi rime cette nouvelle manie de faire trempette dans l'océan.

— Les médecins préconisent les bains de mer, ma tante, fit remarquer Edmond. Il paraît que cela fortifie le corps.

Amélia venait de les rejoindre et prit place à table, en face de Caroline de Latour.

— Vous êtes une très jolie femme enceinte, décréta la vieille dame. Et ça ne se voit pas tant que ça, surtout si vous devez accoucher au début du mois d'octobre.

Un tel franc-parler consterna Amélia, qui s'empourpra et ne sut que répondre.

— Ma tante, enfin, vous effarouchez notre protégée ! s'écria le marquis en riant de bon cœur.

— Et alors, nous ne sommes pas à la cour impériale, que je sache, mon neveu ! protesta celle-ci. Chère petite baronne, êtes-vous vexée, choquée ?

— Non, madame, simplement surprise d'autant de naturel, avoua Amélia d'un ton amical.

— Bonne réponse, s'esclaffa Caroline. Vous me plaisez, petite. J'ai hâte de régner sur le manoir en votre compagnie.

— Dès demain, tante Caroline, dit Sophie.

La gouvernante apporta deux saladiers et un plat qui contenait les œufs durs, ornés de persil haché. Edmond lui demanda de servir du vin blanc très frais. Il était soulagé, au fond, de quitter le domaine quelques jours. Depuis qu'il avait compris combien il aimait Amélia, le marquis se débattait avec sa mauvaise conscience, ses désirs refoulés, sa loyauté vis-à-vis de son épouse.

« Je tenterai de guérir de cette folie, là-bas... », se dit-il.

Au même instant, Sophie lui adressa un sourire plein de tendresse. Elle s'imaginait déjà au bras de son mari, marchant sur la plage immense ou attablée avec lui à la terrasse illuminée du casino.

Ses malles étaient bouclées. Le dîner terminé, elle se coucherait tôt et, après une bonne nuit de sommeil, ce serait le départ. Aussi, lorsqu'elle entendit au loin l'écho d'une galopade, elle eut un soupir déçu.

— On va nous déranger, Edmond, déclara-t-elle. Qui peut venir à cette heure ?

— Je l'ignore, peut-être un voisin qui a besoin d'aide.

Le bruit se rapprochait et il leur sembla discerner plusieurs chevaux et un ronronnement de roues de calèche.

Sophie ne put résister à la curiosité et se précipita à la plus proche fenêtre. Elle se pencha un peu, puis recula avec précipitation.

— Que vous arrive-t-il ? interrogea Edmond. Vous êtes pâle à faire peur.

Bouche bée, les yeux écarquillés, la marquise porta une main à son cœur. Elle balbutia :

— Je dois rêver ! J'ai vu une voiture de louage en bas du grand escalier. Et par la vitre de la portière, qui est baissée, je l'ai vue, Elle ! Oui, « Elle », ici, au manoir, chez nous… L'impératrice !

Edmond se leva et s'approcha de la fenêtre. Il recula en s'exclamant, stupéfait :

— Ciel ! Je n'en crois pas mes yeux !

— L'impératrice, ici…, renchérit Amélia, suffoquée. Vous en êtes certains ?

— Je pense que vous plaisantez, Sophie, ajouta la tante Caroline.

— Non, je ne plaisante pas, répliqua la marquise. Je l'ai très bien reconnue. Seigneur, mais que fait-elle ? Ayez pitié, Edmond, Amélia, aidez-moi. Jamais je ne recevrai l'impératrice dans cette tenue négligée, plutôt mourir. Moi qui espérais sa visite comme un miracle.

Edmond prit la situation en main.

— Le plus urgent serait de vite aller l'accueillir. Sophie, vous êtes ravissante ainsi et je suppose que l'impératrice ne nous a pas prévenus de sa visite afin d'éviter trop de cérémonie. Allons, ne pleurez pas. Vos paupières seraient rougies et vous n'oseriez plus vous montrer. Filez dans votre chambre et passez une robe à votre goût. Surtout, ne perdez pas de temps à vous arranger plus qu'il ne faut.

— Quelqu'un n'a pas perdu de temps, insinua Caroline.

Sophie et Edmond regardèrent par la fenêtre. Ils virent Amélia dévaler les marches en pierre, vive et gracieuse malgré sa grossesse.

— Comtesse, comme je suis heureuse de vous revoir ! cria-t-elle en atteignant la voiture.

— Baronne, je souhaitais prendre de vos nouvelles, puisque j'étais en France, répondit l'impératrice.

— Mais, mais… pourquoi Amélia l'appelle-t-elle comtesse ? demanda Sophie à voix basse.

— Ciel, vous perdez la tête, ma chérie. Souvenez-vous, en Normandie, l'impératrice avait loué le château de Sassetot au nom de la comtesse Hohenembs. Elle voyage sûrement dans le plus strict anonymat et, si le cocher avait entendu Amélia dire « Votre Majesté », il aurait pu deviner qu'il transportait un personnage de haut rang. Montez maintenant, ou je vous emmène saluer notre visiteuse telle que vous êtes. Pourquoi ne pas la recevoir de façon cordiale et simple ?

— Non, je vous en prie, Edmond, faites ce qu'il faut. Je reviens très vite.

Le marquis se dirigea d'un pas tranquille vers le perron. Il savait que Sissi aimait la nature, les chevaux, la bière et les fêtes de village et qu'elle avait beaucoup souffert des rigueurs du protocole… Et ses expéditions dans toute l'Europe, teintées de mystère et de liberté, avaient souvent été pour elle un moyen de fuir la cour.

Un peu ému, il descendit à son tour l'escalier. Amélia se tenait près d'une inconnue en tenue de voyage, avec qui elle discutait, mais l'impératrice, encore assise dans la berline de louage, contemplait d'un regard mélancolique le manoir. La lumière du soleil couchant se reflétait sur ses traits impassibles.

Edmond retint son souffle. Il décida d'attendre en bas des marches, de la laisser prendre les devants. Mais Amélia s'avança, au bras de la dame de compagnie de l'impératrice.

— Marquis, j'ai le plaisir de vous présenter la comtesse Marie Festetics, dit-elle d'une voix douce. Si vous voulez bien aider la comtesse Hohenembs à nous rejoindre.

— Volontiers.

Élisabeth d'Autriche portait une toilette noire, assortie d'un petit chapeau. Un tour de cou en dentelle noire faisait ressortir sa carnation.

— Edmond de Latour, pour vous servir, comtesse, dit-il aimablement. Je suis enchanté de vous recevoir.

— Moi de même, monsieur.

L'impératrice s'exprimait dans un français correct, avec le même accent qu'Amélia, cher aux oreilles du maître de Bellevue. Il ouvrit la portière, s'inclina respectueusement et baisa la main gantée qu'on lui tendait.

— Votre arrivée est une merveilleuse surprise, avoua-t-il tout bas.

Dès que sa passagère eut quitté la berline, le cocher conduisit son attelage dans la direction que lui indiquait le marquis, d'un geste explicite. Celui-ci changea aussitôt d'attitude, encouragé par le sourire lumineux d'Amélia.

— Votre Majesté, dit-il, je suis heureux de vous accueillir, mais mon épouse Sophie, votre correspondante, en sera encore plus touchée. Votre venue au manoir était son plus beau rêve.

L'impératrice eut un petit sourire.

— Je vous remercie, marquis. Je désirais revoir ma chère Amélia. La comtesse et moi, nous nous rendons dans le sud de la France. Nous avons loué une voiture à Saintes pour venir jusqu'ici. Durant les heures que nous passerons ensemble, ne vous souciez pas de mon rang. Je voudrais profiter de cette escapade sans contrainte. Je serais comblée si j'étais considérée comme une amie de passage.

— J'en serai capable, mais ne soyez pas étonnée si mon épouse multiplie les révérences. Et maintenant, mesdames, puis-je vous conduire sous le toit de Bellevue, un endroit qui m'est cher, puisque j'y ai toujours vécu ?

Rassurée, l'impératrice grimpa les marches en pierre à vive allure. Edmond admira son élégance innée, son port de tête et son corps mince, élancé.

Soudain, Élisabeth s'arrêta et se retourna vers lui.

— Vous avez des chevaux, marquis. Je reconnais l'odeur d'une écurie à des lieues de distance. Vous me les montrerez demain matin ?

— Bien sûr, Majesté, dès l'aube, si vous le souhaitez. Mon favori est un étalon à la robe baie. Un excellent galopeur que j'ai acheté en Angleterre. Si vous vouliez le monter, j'en serais... ravi...

Il avait failli dire « honoré » mais, se souvenant à temps de la prière de l'impératrice, la traiter en amie, il s'était repris. Elle lui lança un regard plein de gratitude.

Le marquis comprit, à cet instant précis, que le charme de la célèbre Sissi était d'une essence supérieure, que son aura lui conférait une beauté différente de celle des autres femmes. Certes, son visage était d'une harmonie exquise, ainsi que son corps, mais il pensait que cela n'expliquait pas la fascination particulière que l'impératrice exerçait sur tous ceux qui la rencontraient. Elle était belle, mais aussi émouvante, fragile, habitée par une âme romantique et tragique qui donnait à toute sa personne un pouvoir inouï.

« J'ai eu le privilège de l'approcher à Sassetot, songea-t-il. C'était il y a treize ans. Je l'avais trouvée exceptionnellement belle… mais sans ressentir l'émotion de ce soir. »

Sophie de Latour apparut sur le seuil du vestibule, au moment où Amélia et la comtesse Festetics y parvenaient. La marquise avait mis la robe en soie qu'elle portait pour la fête du mois de juin. Ses cheveux étaient relevés en chignon, orné d'une fleur en satin. Elle avait beau se raisonner, des frissons de nervosité la parcouraient.

— Votre Altesse impériale, Votre Majesté, balbutia-t-elle, si j'avais cru une seconde que vous daigneriez nous accorder l'extrême grâce de venir jusqu'ici, mon Dieu…

— Madame de Latour, ma chère Sophie, dit Élisabeth à mi-voix, je vous en prie, ne vous affolez pas ainsi. Dans vos lettres, vous êtes plus à l'aise. J'aurais dû vous avertir, mais si j'avais changé d'avis au dernier instant, vous auriez été déçue.

— Cruellement déçue, Majesté, admit la marquise.

— Je suis contente de vous revoir, Sophie. Vous n'avez pas changé depuis notre entrevue au château de Sassetot. Vous êtes peut-être plus belle encore. Fidèle à la photographie qui figure dans ma collection.

Amélia n'osait pas dire un mot, mais elle suivait des yeux sa souveraine avec une expression de pur ravissement.

— Nous dînions, Majesté. Notre gouvernante va rajouter deux couverts, annonça Edmond sans gêne apparente.

— Volontiers.

— Nous pourrions patienter, mon ami, protesta Sophie. Vincent préparera un repas plus raffiné.

— Non, nous serons enchantées de partager votre table, en famille, précisa Élisabeth.

La tante Caroline, qui attendait sagement dans la salle à manger la suite des événements, vint aux nouvelles.

Edmond présenta sa tante à l'impératrice et à la comtesse Marie. Amélia sortit enfin de sa réserve :

— Majesté, comtesse, si vous voulez bien me suivre, la salle à manger se trouve sur notre droite.

La marquise devint blême. La situation lui échappait. Elle avait tant de fois rêvé de recevoir l'impératrice et rien ne se déroulait comme elle l'avait imaginé. Dépitée, au bord des larmes, elle aurait aimé, d'un coup de baguette magique, embellir le manoir, sa robe, servir des mets extraordinaires.

— Majesté, je manque à mes devoirs ! s'écria-t-elle. Si vous désirez prendre un peu de repos avant de dîner, j'ai fait préparer une chambre.

— Déjà ? plaisanta Élisabeth. C'est heureux, mais il en faudra deux, puisque nous passons la nuit chez vous, la comtesse et moi.

La joie extatique de Sophie, en apprenant la nouvelle, toucha l'impératrice, qui se rapprocha d'elle et lui prit la main.

— Je vous suis redevable, chère marquise, d'avoir offert un refuge à la baronne de Fairlik, aussi, ne vous inquiétez pas. Le manoir de Bellevue me plaît, le parc est magnifique et votre pays des vignes aussi.

8

Tante Caroline

Une heure plus tard, fouettés par les ordres de leurs maîtres, les domestiques avaient fait des miracles. Les chandeliers étaient tous allumés, un feu de sarments pétillait dans la cheminée de marbre noir du grand salon et, sur un guéridon, étaient disposés des verres en cristal, une bouteille de champagne, des confiseries et des fruits.

Élisabeth découvrit ce décor ravissant au bras d'Amélia. Elle détailla la vaste pièce avec curiosité, puis s'installa près de l'âtre. Edmond déboucha le champagne, tandis que tante Caroline montrait à la comtesse Festetics un portrait de son frère, le père du marquis.

Sophie vivait chaque minute dans un état second, fascinée par le moindre geste de l'impératrice, qui lui paraissait d'une tristesse infinie, si mince dans sa robe noire, son beau profil dessiné par la lumière des flammes.

Abasourdie par la présence d'une altesse de renom sous le toit de ses ancêtres, Caroline de Latour gardait une attitude discrète, mais elle observait son neveu, la jeune baronne, la comtesse hongroise, à l'air épuisé, Sophie et Sissi qui conversaient à voix basse.

L'impératrice se couchait tôt et se levait encore plus tôt, ce qu'elle expliqua à ses hôtes.

— Marquis, je serai vers six heures devant vos écuries, au retour de ma promenade matinale, précisa-t-elle. J'ai passé une soirée très agréable, je vous en remercie, chère Sophie.

*

Amélia brossait ses cheveux quand on frappa à la porte de sa chambre. Le manoir semblait endormi, mais la jeune femme ne fut pas surprise de voir entrer l'impératrice, en longue robe d'intérieur, sa somptueuse chevelure éparpillée la drapant d'or brun.

— Majesté, vous souhaitiez me parler…

— Oui, Amélia, c'est la raison de ma visite. J'ai tenu à vous consacrer quelques heures de mon voyage. Ce n'était qu'un petit détour, important à mon avis, cependant.

— Vous avez causé un immense bonheur à la marquise en m'accordant cette marque d'intérêt. Comment vous remercier ?

Élisabeth s'assit au bord du lit, prit la main d'Amélia.

— En vous montrant franche avec moi, ma chère enfant. Je veux m'assurer d'une chose. Avez-vous mesuré l'étendue du sacrifice que vous allez faire en renonçant à votre enfant ? J'ai donné mon accord par lettre à Sophie de Latour, qui a plaidé sa cause avec tact et passion, mais vous ignorez ce que ressent une femme la première fois, oui, la première fois qu'elle serre un nouveau-né dans ses bras, contre son sein. Le remettre à une nourrice, à une autre personne, déchire le cœur. J'en ai fait l'expérience.

— Oui, Majesté, mais je me suis préparée à ce déchirement, surtout parce que je n'ai pas le choix. J'ai tellement souffert au début de ma grossesse, malgré la gentillesse de Sophie et de son mari, en songeant au sort de mon enfant. La séparation était inévitable, nous en étions conscientes, vous et moi. Quand j'ai appris le désir de mes hôtes d'adopter le bébé, j'ai pu revivre, respirer, me nourrir, délivrée de ma plus grande peur, avoir mis un innocent au monde pour le condamner à une existence honteuse. De plus, Majesté, mon retour à la cour, après la naissance, était établi.

Sissi tendit vers elle son beau visage d'une pâleur étrange.

— Amélia, je vous libère de votre service à la cour. Vous n'êtes pas obligée de revenir à Vienne. Marie-Valérie va se marier bientôt et moi, je continuerai à fuir, à errer. Comme je l'ai dit à mon fils, même si je découvrais un paradis, je m'y sentirais en enfer. Rodolphe m'a comprise, je l'ai lu dans ses yeux. Ce n'est guère surprenant, il souffre lui aussi et je suis très inquiète. Je ne vous donnerai pas de précisions, mais j'ai l'impression que mon fils peut basculer dans l'abîme et, si cela se produit, je n'aurai plus la force de vivre.

Amélia fondit en larmes en étreignant les doigts de sa souveraine.

— Je vous en supplie, Majesté, gardez espoir. J'ai tant de peine pour vous.

— Il ne faut pas, ma chère petite. Restez loin de l'Autriche, près de votre enfant, l'arrangement conclu avec Sophie et son époux vous le permettra. Ils seront d'abord le parrain et la marraine, puis ils l'adopteront.

Très gênée, la jeune femme secoua la tête. Elle refusa néanmoins de mentir.

— J'en doute, Majesté. J'ai promis à Sophie de quitter le manoir dès que je serai rétablie de mes couches. La marquise désire « pouponner », être vraiment la mère du bébé. Elle cherche déjà une nourrice. Si je vois peu le nouveau-né, je ne m'attacherai pas à lui.

Consternée, Sissi caressa la joue d'Amélia. Son regard se fit étincelant.

— Le marquis est de mon avis, il m'a écrit, déclara-t-elle en allemand. Il juge cruel et inutile de vous éloigner de l'enfant. C'est à cause de son courrier que j'ai décidé de vous rendre visite pour vous convaincre d'accepter la solution que vous propose Edmond de Latour. Il aura un héritier, mais vous serez là, sur les terres de Bellevue, et vous verrez grandir le fils ou la fille de votre fiancé. Le moment venu, je ferai part à la marquise de mon opinion. Elle ne s'y opposera pas.

Amélia approuva, bouleversée à l'idée que le maître du domaine avait agi en secret, afin de lui épargner une terrible épreuve et peut-être pour la garder ici, au pays des vignes.

— Vous avez toute ma gratitude, Majesté, affirma-t-elle.

— Et je m'en irai demain avec l'image de votre jeune beauté à l'esprit, Amélia. Vous n'êtes plus tout à fait la même, nota l'impératrice d'un ton plus gai. Dès que je vous ai vue, j'ai senti un changement… Vous me paraissez plus souriante, plus vive que naguère, je veux dire, avant la mort de Karl.

— Je subis l'influence des Français, Majesté. Et puis, ici, je suis choyée, libre de mes faits et gestes, sans contrainte d'aucune sorte.

— Presque une Française, dit Sissi, attendrie.

*

Sophie se leva avant l'aurore. Edmond se moqua un peu de son épouse en la voyant entrer dans sa chambre, en tenue d'équitation, une amazone de serge brune qu'elle n'avait pas portée depuis des années.

— Vous n'êtes pas si matinale, d'ordinaire, ma chérie.

— Je n'ai presque pas fermé l'œil de la nuit. Je me répétais sans cesse que l'impératrice d'Autriche dormait au manoir, chez nous. Seigneur, et vous qui lui parlez sans gêne, de façon familière… C'est une altesse royale et impériale !

Edmond haussa les épaules.

— C'est aussi une simple femme au cœur tendre, une âme éprise de liberté. Sophie, j'ignore si nous monterons à cheval. Vous n'étiez pas obligée de vous équiper ainsi.

— Tant pis, je voulais prouver à Sa Majesté que je suis prête à la suivre, même au galop…

Élisabeth s'était promenée dans le parc, seule, grisée par la fraîcheur de l'air, émue par le chant des oiseaux qui saluaient chaque jour le lever du soleil. D'un pas vif, elle se dirigeait à présent vers les écuries, tout en contemplant la campagne charentaise, voilée d'écharpes de brume d'un rose lumineux.

Edmond l'aperçut et lui fit un joyeux signe de la main. Sophie la salua d'une petite révérence et Sissi en fut agacée. Heureusement, ils entrèrent tout de suite dans le bâtiment où flottaient l'odeur chaude de la paille et celle, plus printanière, du foin.

Le marquis lui vanta les qualités d'une jument alezane, âgée de quatre ans, en lui détaillant ses origines. Devant l'étalon d'Edmond, un splendide animal au caractère ombrageux, elle s'extasia :

— Quelle encolure ! Et ce dos ! Il a des jambes à la fois fines et solides. Puis-je le monter ?

— Évidemment, je ne peux qu'être enchanté de confier mon cheval à la meilleure cavalière d'Europe. Nous allons vous accompagner, mon épouse et moi. C'est l'heure parfaite pour une promenade sur les chemins du domaine…

Ils partirent au petit trot. Sophie commençait à regretter son obstination. Edmond l'avait pourtant avertie. Élisabeth était une cavalière hors pair, il avait quant à lui beaucoup d'expérience, mais elle ne tenait pas bien en selle. Elle avait insisté, boudeuse.

Jusqu'aux vignes, la marquise galopa à bonne allure. Mais sa volonté battit de l'aile quand l'impératrice souhaita pousser plus loin la promenade et voulut sauter un ou deux obstacles. Edmond choisit un itinéraire en conséquence.

— Si nous allons vers les bois, sur ces collines, nous trouverons des troncs d'arbres en travers du chemin. Cela conviendra, qu'en pensez-vous ?

— Majesté, ce serait prendre des risques, protesta Sophie, affolée. Souvenez-vous, en Normandie, dans les bois du château de Sassetot. Vous avez causé une grande peur à toute votre suite en tombant de cheval après avoir sauté un tronc d'arbre. Vous étiez restée sans connaissance. Le docteur qui vous a soignée m'avait tout raconté. Je vous en supplie, Votre Majesté, s'il vous arrivait malheur, sur nos terres, je ne m'en remettrais pas.

— Ne craignez rien, ma chère Sophie, trancha Élisabeth. Je ne commettrai pas la même erreur que jadis. J'avais obligé mon cheval à franchir l'obstacle en sens inverse, un cheval qui n'avait pas la puissance et le pied sûr de l'étalon de votre époux.

Sur ces mots, Sissi lança l'animal au grand galop, transfigurée par la perspective d'une course à bride abattue. Edmond la suivit à la même allure trépidante.

Consternée, Sophie retint sa jument. Ces deux-là étaient fous. Elle cria :

— Je rentre au manoir, soyez prudente, Majesté !

*

C'était le moment du départ. La voiture de louage, tirée par quatre bêtes blanches, avait repris sa place en bas du grand escalier. Le cocher ajustait les rênes, satisfait de l'aubaine. On le payait au prix fort et il avait couché sur une banquette confortable, au fond de la sellerie, après un vrai festin dégusté dans les cuisines.

Les adieux eurent pour cadre le grand salon, par souci de discrétion. Amélia embrassa l'impératrice, qui la fixa avec affection. La tante Caroline, émue, s'inclina devant Élisabeth puis, cédant à un élan maternel, lui serra longuement la main.

— Je n'oublierai jamais la soirée que j'ai passée avec vous, Sissi, déclara la vieille dame.

— Merci, madame, j'aime qu'on m'appelle Sissi, en souvenir de mon enfance et de mon cher Possenhofen.

Sophie retenait ses larmes. Déjà, « Elle » partait… Mais il y avait eu le déjeuner où l'on avait parlé de chevaux, de chiens et de vaches.

L'impératrice avait confié à ses hôtes qu'elle achetait une vache dans chaque pays où elle séjournait, qui était transportée ensuite jusqu'en Hongrie, au château de Gödöllő[1].

— Une autre collection, avait plaisanté le marquis, plus encombrante que celle de photographies de jolies femmes.

— J'ai ainsi un spécimen de chaque race, marquis.

— Je vous promets de faire convoyer à Gödöllő, par le train, la limousine que vous

1. Authentique, ainsi que la plupart des anecdotes sur Sissi dans ce livre.

avez choisie ce matin. Ce sera notre cadeau, Majesté…

Quand la berline s'éloigna, il était une heure de l'après-midi. L'impératrice d'Autriche quittait le pays des vignes pour une destination inconnue. Mais elle était venue et elle avait illuminé le domaine de sa présence, de son charme inaltérable.

Sophie sanglotait, de bonheur et d'émotion, blottie contre la tante Caroline. Edmond soupira, songeur. Près de lui se tenait Amélia. Il la regarda et lui sourit…

*

Domaine de Bellevue, le lendemain

La calèche avait disparu dans le virage de la grande allée. Amélia retint un soupir, attristée par le départ de Sophie et d'Edmond.

— Hier, nous regardions l'impératrice s'éloigner, ce matin, le marquis et la marquise, dit-elle à tante Caroline. Sophie m'a embrassée plusieurs fois, elle était si heureuse.

— Et tellement pressée de pouvoir raconter à ses amies de pensionnat ce qui lui est arrivé, ajouta la vieille dame. Même tenue à la discrétion, elle ne pourra pas se taire.

— Mon Dieu, il ne faut pas qu'elle prononce le nom de Sa Majesté ! s'alarma Amélia.

— Ne vous inquiétez pas, Sophie exigera le secret absolu, et même si la présence de l'impératrice en France s'ébruitait, cela resterait dans un cercle très restreint.

— Je l'espère…

Elles étaient accoudées à la balustrade de la terrasse, qui surplombait un massif de rosiers d'un rouge velouté, dont le parfum semblait plus suave encore dans la fraîcheur de l'aube. La tante Caroline lui jeta un regard malicieux.

— Nous voici maîtresses du manoir, petite, déclara-t-elle d'un ton joyeux. Comment occuper cette première journée, sans se morfondre ni ressasser des idées noires ?

— Faites à votre idée, répondit Amélia. Je suis navrée de ne pas manifester plus de gaieté, mais je pense à Sa Majesté. Jamais elle ne m'avait paru aussi fragile, aussi malheureuse.

— J'ai ressenti la même chose que vous, concéda Caroline. Mais quand même, c'était une surprise extraordinaire, je n'en suis pas remise… Bien, changeons de sujet, puisque vous êtes au bord des larmes, Amélia. J'aimerais jeter un coup d'œil à la layette du bébé, afin de juger de ce qui reste à confectionner.

La jeune femme accepta volontiers. Elles ne tardèrent pas à examiner les brassières, les bavoirs, les petits draps ourlés de dentelle, les couches en coton.

— Hum, hum…, bougonna enfin tante Caroline. Cet enfant va naître au début de l'hiver. En Charente, il ne fait jamais très froid, mais il faut craindre l'humidité. Je ne vois pas beaucoup de lainages. Il faut y remédier. Quand Edmond est venu me chercher à Cognac, j'ai eu la présence d'esprit d'emporter des pelotes et mes aiguilles. Savez-vous tricoter ?

— Oui, depuis l'âge de neuf ans, précisa Amélia. J'avais une poupée en porcelaine et je lui avais tricoté un bonnet, une écharpe et un gilet. La poupée, c'était un cadeau de ma grand-mère. Elle me l'a offerte l'année où elle s'est éteinte, ma mère reposait déjà au cimetière.

Caroline de Latour la considéra avec compassion.

— Nous devons faire connaissance, Amélia. Je ne sais pas grand-chose sur vous, dit-elle affectueusement.

Ces mots troublèrent la jeune baronne. Elle réalisa que ni Sophie ni son mari ne lui avaient fait de recommandations à propos de leur fameux arrangement.

« Que dois-je dire si Caroline m'interroge sur l'avenir, se demanda-t-elle. Sans doute me croit-elle veuve, elle aussi, et ne s'étonne pas de mon long séjour ici, d'autant que Sa Majesté est venue prendre de mes nouvelles. »

Un autre point la tourmentait. Elle n'avait pas osé dire à ses bienfaiteurs que Sissi l'avait libérée de ses fonctions à la cour en lui conseillant de s'établir à Bellevue.

Peu de temps après, elles s'installaient dans le petit salon, avec tout le nécessaire pour tricoter et coudre. D'abord, elles discutèrent du domaine, de la région de Cognac, des proches vendanges. Un peu avant le déjeuner cependant, la vieille dame, songeuse, posa son ouvrage sur ses genoux.

— Quel dommage que Sophie ne puisse pas avoir d'enfants, déplora-t-elle. Je suis tout émue de travailler pour le trousseau d'un bébé, cela me rappelle l'époque où j'élevais Edmond… J'avais plus de quarante ans, j'étais célibataire et je me suis retrouvée nourrice du jour au lendemain, une nourrice sèche, bien sûr. Quel bonheur de tenir ce petit bonhomme contre ma poitrine ! Si vous aviez vu son regard… Il n'avait que trois mois, mais j'avais l'impression qu'il comprenait tout et qu'il implorait mon secours. Je lui parlais, il écoutait, souriant. Oh, il m'a donné bien du souci, il était si fragile, mais il voulait vivre.

— Le marquis avait perdu sa mère, je suppose, hasarda Amélia.

— Oui. Comme bien des femmes, Thérèse n'a pas survécu à ses couches. Edmond ne vous en a pas parlé en raison de votre état, ma petite, pour ne pas vous apeurer. Une chose m'étonne, que Sophie, si bavarde, ne vous en ait rien dit…

— Nos conversations tournent autour de l'impératrice, de la cour, de la famille impériale et de la meilleure éducation à dispenser aux enfants. Souvent aussi, Sophie me raconte ses souvenirs de très jeune fille.

Tante Caroline hocha la tête d'un air perplexe.

— Mon neveu me tirera les oreilles quand il apprendra que je cause à tort et à travers.

— Il ne le saura pas, répliqua Amélia en souriant.

— Vous êtes charmante. Où en étais-je ? Oui, j'ai sauvé Edmond d'une mort certaine. Il ne supportait pas le lait de sa nourrice. Je lui ai fait boire du lait de chèvre sucré au miel. Feu le marquis, mon frère, qui le croyait condamné, a crié au miracle. Du coup, il m'a confié son unique héritier que j'ai gardé jusqu'à ses six ans. Je suis fière de l'homme qu'il est devenu, un homme d'une infinie bonté, très intelligent aussi.

— Oui, le marquis est un homme remarquable… J'apprécie notamment sa simplicité et sa gentillesse.

Amélia se pencha sur son tricot afin de cacher ses joues soudain empourprées.

« Mais qu'est-ce qui me prend ? » songea-t-elle, contrariée.

Tante Caroline eut un mince sourire et reprit sa couture. D'un ton très doux, elle insista sur son idée première :

— Oui, c'est regrettable que Sophie et Edmond ne puissent avoir d'enfant à chérir. Qui reprendra le domaine ? Ne le prenez pas mal, Amélia, mais je pense que mon neveu doit être ému de vous voir ainsi, épanouie par cette maternité qui s'annonce, lui qui souffre de ne pas devenir père.

— Madame, je vous en prie, protesta la jeune Autrichienne, vous me gênez beaucoup.

— Je suis désolée, petite. Que voulez-vous ? J'ai mon franc-parler, ce n'est pas à mon âge que je vais changer. Je ne fais que dire une vérité. Edmond me l'a souvent confié, la vision d'une femme enceinte le bouleverse et ses actes le prouvent. Lorsqu'une des fermières du domaine attend un bébé, ou même une simple servante, il lui fait verser une gratification, de quoi acheter le trousseau. Ensuite, à la naissance, il apporte aux parents un tonnelet de vin et du foie gras.

Amélia approuva en silence, le temps de réfléchir à ce qu'elle venait d'apprendre et qui pouvait peut-être expliquer la conduite bizarre du marquis.

« Ma grossesse le trouble, lui inspire à mon égard trop d'affection, se dit-elle. Quand le bébé sera né, il n'aura plus de sentiments pour moi, si tant est qu'il en ait. Pourtant, il a écrit à l'impératrice à la seule fin de m'offrir une petite place dans la vie de mon enfant. »

La voix de tante Caroline la fit sursauter :

— Que diriez-vous d'une promenade après le déjeuner ? L'air est plus frais. Il faut marcher souvent. C'est excellent pour vous, ma petite.

— Volontiers, madame.

— Ciel, ne pouvez-vous m'appeler Caroline ? soupira la vieille dame. Ou bien Nanie… C'était le surnom que me donnait Edmond, petit garçon. Nous allons passer plusieurs jours ensemble, ce serait plus intime, Nanie. Vous ferez bientôt partie de la famille, il me semble.

Amélia ouvrit grand ses beaux yeux sombres, fixant Caroline d'un air étonné.

— Eh oui, je ne peux pas tenir ma langue bien longtemps. Je suis au courant, petite. Edmond m'a tout raconté avant-hier sur le trajet. Il estimait indispensable que je connaisse la situation, passée, présente et à venir. Il m'a résumé votre triste histoire, m'a parlé de sa volonté d'adopter votre enfant, le rôle de l'impératrice, qui a consenti à cet arrangement, et je sais aussi qu'il compte persuader Sophie de vous garder au manoir. Autant vous le préciser, notre marquise a la ferme intention de vous renvoyer à la cour le plus vite possible.

Choquée par l'ironie perceptible dans ces dernières paroles, Amélia s'indigna.

— Nous avions pris la décision ensemble, Sophie et moi ! C'était plus raisonnable. Pourquoi serais-je restée en ayant accepté le principe de l'adoption.

— Et pourquoi en parlez-vous à l'imparfait, Amélia ?

— Je n'ai pas à vous mentir, l'impératrice n'exige plus que je retourne à Vienne. Elle m'encourage à m'établir en Charente, soutenant ainsi le marquis, qui lui a écrit.

Tante Caroline, décontenancée, ne sut que répondre. Puis, sa nature joyeuse reprenant le dessus, elle coupa court à la discussion.

— Après tout, je préfère ne pas me mêler de cet imbroglio. Je vais rôder dans les cuisines, voir ce qu'on nous prépare pour le déjeuner. Sans la gouvernante, en place depuis le mariage d'Edmond et de Sophie, nous aurons à surveiller de près la domesticité. Allons, Amélia, faites-moi un sourire, ne soyons pas fâchées. Au moins, les choses sont claires, maintenant.

Vaincue par la mimique malicieuse de la vieille dame, Amélia céda à la bonne humeur.

— Oui, Nanie, et pour être sincère, je suis soulagée que vous sachiez la vérité.

9

La main du destin

Les journées passaient vite. La tante Caroline se couchait tôt et Amélia, épuisée par la chaleur persistante, l'imitait. La pétulante Nanie avait vite réussi à gagner l'affection de la jeune femme, au fil de leurs tête-à-tête, en tricotant ou en se promenant dans le parc, de bon matin ou au crépuscule, quand il faisait plus frais.

Peu à peu, Amélia avait osé se confier, dépeignant sa vie à la cour impériale, mais également son enfance sans joie, dans un pensionnat religieux aux règles très strictes.

— Mon père était un homme intègre, distant, pudique dans l'expression de ses sentiments, et avant toute chose, un soldat de l'empereur, avait-elle avoué. Il ne s'est jamais consolé de la mort précoce de maman et refusait de se remarier. Au fond, il n'avait qu'une idée en ce qui me concernait, me donner une éducation irréprochable. Et j'ai trahi les règles de l'honneur auxquelles il était fidèle. J'ai éprouvé une terrible honte, à l'apogée de mon désespoir, en me découvrant enceinte de Karl. Je me répétais que, même mort, mon père connaissait ma faute et me maudissait.

— Mais non, enfin ! s'était écriée Caroline. Rappelé à Dieu, un homme pratique sûrement le pardon des offenses, ma chère enfant. Vous avez été victime de la fatalité…

Ce matin-là, alors que la conversation revenait sur les bonheurs et les malheurs de l'impératrice d'Autriche, Amélia en vint à raconter le baptême de la petite archiduchesse Élisabeth-Marie, la fille du prince Rodolphe et de son épouse, Stéphanie de Belgique, et les festivités qui avaient suivi cet heureux événement.

— J'avais dix-sept ans, précisa Amélia. Mon père était encore en vie, mais il se savait très malade. À cette occasion, il avait l'intention de solliciter Sa Majesté pour qu'elle me prenne à son service. Je me sentais au seuil d'une nouvelle existence, après ces années passées au couvent. Père avait fait des frais. Il voulait que je sois belle, élégante, que j'attire l'attention de l'impératrice. Je portais une toilette merveilleuse, en soie bleu azur soutachée de broderies dorées, les bijoux de ma mère. J'étais très émue, et surtout exaltée, au comble du bonheur…

Nanie l'interrompit d'un geste.

— Mais j'y pense, Amélia, Edmond était invité et il avait fait le voyage, en compagnie de son courtier en eau-de-vie. La maison Latour a même offert un cadeau magnifique à la petite archiduchesse. Oui, petite, je m'en souviens comme si c'était hier, mon cher neveu est parti pour Vienne, habillé comme un prince et tout content de cette escapade. Edmond m'a bien fait rire, à son retour, en me racontant certaines de ses mésaventures, dans le train, sans oublier ses sorties au Prater, à Vienne, les repas pantagruéliques, arrosés de bière.

— Et Sophie ? s'étonna Amélia. Sophie n'a pas pris part à l'aventure, elle qui admire tant Sissi ?

La tante Caroline devint rouge, son regard bleu chercha à éviter celui de la jeune baronne.

— J'ai encore commis une bévue. Seigneur, où ai-je la tête ? Sophie ne l'a jamais su. Et pour cause…

— Que voulez-vous dire ?

— Il s'est trouvé qu'à la date du baptême Sophie prenait les eaux à Luchon. Et de surcroît, l'entente du ménage n'était pas des meilleures. Je ne devrais pas en parler, mais je pense que la marquise se montrait volage. Edmond a fermé les yeux par bonté, par indifférence sans doute. J'ai tenté d'aborder le sujet avec lui, il m'a rétorqué que son épouse, privée des joies de la maternité, avait le droit de se distraire.

— Vraiment ? déclara Amélia, sidérée. J'ai du mal à vous croire. Comment un mari peut-il tolérer l'infidélité ?

— Edmond n'appartient pas au commun des mortels, il s'est forgé sa propre philosophie, ses propres critères de moralité. Croyez-vous, sinon, qu'il vous aurait accueillie avec tant de cordialité et de gentillesse ? Et puis, somme toute, il a suffisamment puni Sophie de ses incartades de l'époque en la tenant à l'écart de ce voyage à Vienne. Je vous en prie, petite, gardez le secret, car même trois ans plus tard elle serait furieuse et ne le lui pardonnerait pas.

Amélia, grâce aux bavardages de Caroline, découvrait une autre facette du couple que formaient le marquis et Sophie. Elle comprenait mieux certaines piques acerbes d'Edmond à l'adresse de sa femme, tout en accordant à la jolie marquise des circonstances atténuantes et le bénéfice du doute. En effet, la vieille dame pouvait la soupçonner à tort.

— Je sais me taire, soyez sans crainte, Nanie, assura-t-elle après un silence. Mais puisque nous sommes seules, j'admets être très surprise. Le hasard aidant, j'aurais pu croiser votre neveu le jour du baptême. Cela dit, il y avait une telle foule dans la cathédrale…

Soudain, le regard d'Amélia se fit rêveur, lointain. Il lui semblait chercher à tâtons un fil invisible mais précieux. Ce soir, dans le calme de sa chambre, elle y réfléchirait. Pour l'instant, ce n'était qu'une sensation légère, difficile à définir, quelque chose la dérangeait, frappait des coups presque sourds à la porte de sa mémoire.

— Qu'avez-vous ? demanda Caroline, intriguée par son air distrait.

— Rien, rien… Je revois la cathédrale, mon père en uniforme, le prince Rodolphe, sa jeune épouse, l'impératrice, la mine grave, qui m'intimidait beaucoup… et les invités en grand apparat.

Tout à coup, Amélia revit un regard d'ambre, doux et ardent, attaché au sien, malgré la distance et la pompe majestueuse d'une cérémonie impériale.

Elle ferma les yeux, se concentrant sur le souvenir ténu de ce regard. Oui, là-bas, à Vienne, dans la lumière tendre et dorée de milliers de cierges, un homme l'avait fixée avec audace. C'était peut-être lui, Edmond. Dans ce cas, il l'aurait déjà vue... et reconnue lors de son arrivée au manoir. Pourquoi, alors, n'en avait-il rien dit ? La réponse s'imposa : Sophie ignorait qu'il s'était rendu en Autriche.

— Amélia, vous m'inquiétez ! s'exclama tante Caroline. Est-ce un malaise ? Je vais sonner Jeanne, qu'elle vous prépare une tisane bien sucrée.

— Non, Nanie, je vous remercie. Je suis seulement étourdie par la chaleur. Il nous faudrait un orage.

*

Le lendemain, tante Caroline souffrit d'une violente migraine qui l'obligea à garder la chambre, un linge humide sur le front. L'air était étouffant, chargé d'électricité.

Amélia, d'abord désemparée d'être ainsi livrée à elle-même, se retrouva, après le déjeuner, à errer dans le manoir. Sophie lui avait déjà fait les honneurs d'une visite complète du domaine, mais la jeune femme désirait revoir chaque pièce, chaque lieu en détail. Seule… sans avoir à suivre une conversation, en prenant tout son temps.

Elle commença par le grand salon, étudiant un à un les portraits de la famille. Après la bibliothèque, le boudoir et la salle à manger, Amélia entrouvrit la porte double qui donnait sur le bureau du marquis, où régnaient l'ordre et une odeur ténue d'encaustique. Puis elle monta à pas de loup jusqu'au grenier, envahi de vieilleries touchantes, comme la nacelle en osier qui avait dû bercer une lignée de nouveau-nés.

En descendant des combles, elle jeta un rapide coup d'œil dans les chambres du second étage, réservées aux invités. Elles ne présentaient aucun intérêt. Enfin, après avoir regagné le premier, elle approcha des appartements du maître de Bellevue, situés dans la tour d'angle.

« Je ne peux pas entrer, ce serait inconvenant ! » se dit-elle.

Pourtant, quelque chose la poussait à explorer les lieux, comme si une voix intérieure lui chuchotait qu'un secret lui serait révélé. Elle tourna la poignée, se glissa à l'intérieur, sur la pointe des pieds. Les fenêtres étaient grandes ouvertes, mais les persiennes closes ombraient délicatement le décor d'une sobriété surprenante.

Amélia effleura la colonne torsadée du lit à baldaquin en bois sombre et se figea, perplexe. Edmond de Latour dormait là, quand il n'allait pas rejoindre son épouse dans sa chambre, tellement plus gaie et envahie d'un joyeux désordre.

Une petite porte attira son attention. Elle se retrouva ainsi dans un cabinet de travail aux murs blanchis à la chaux, digne d'une cellule monacale. Un bureau muni de plusieurs tiroirs occupait presque tout l'espace.

« Que me cachez-vous encore, monsieur le marquis ? » interrogea Amélia en son for intérieur, envahie brusquement d'un mélange de rancœur et de curiosité.

Comme dédoublée, repoussant ses scrupules, elle s'assit près du meuble, sur l'unique chaise. Un à un, elle ouvrit les tiroirs. Maintenant, elle savait ce qui la forçait à se conduire aussi mal, à commettre une telle indiscrétion.

— Je dois savoir ce qu'il pense de moi, je dois mieux le connaître avant de décider si je reste ici ou si je m'enfuis…, murmura-t-elle en guise d'excuse.

La jeune femme aperçut alors une pile de carnets, reliés en serge noire. Chaque couverture portait une étiquette indiquant l'année. Vite, elle les feuilleta, consulta les dates et trouva sans peine le jour correspondant au baptême de la petite archiduchesse Élisabeth-Marie.

L'écriture déliée du marquis était aisée à déchiffrer.

L'Autriche m'a séduit. Les montagnes, les forêts de sapins, les torrents offrent à certains paysages une note romantique dont j'ai dû être victime. C'est ce que je pensais à la fin de la cérémonie du baptême, car il m'est arrivé une chose étrange, sous les voûtes richement décorées de la cathédrale.

J'ai aperçu parmi la foule une jeune fille d'une rare beauté, au visage calme et serein, et je n'ai pu détacher mes yeux d'elle. Son cou, ses épaules, la pureté de ses traits m'ont enchanté. Mais s'il n'y avait eu que cela, je l'aurais déjà oubliée. J'ai eu l'impression, durant quelques secondes, qu'elle me regardait aussi et, à cet instant magique, son âme m'a paru voler à la rencontre de la mienne.

Ses yeux exprimaient un tel besoin d'amour, de joie, que j'en ai été blessé. Blessé de bonheur et de solitude, car je ne la reverrai jamais. C'est une jeune fille comme celle-ci que j'aurais aimé épouser.

Sophie est belle et complètement à sa place à Bellevue. Elle sait recevoir, animer une soirée et danse à merveille. Je ne peux nier le vif désir qu'elle m'inspire toujours, après neuf ans de mariage, mais souvent j'ai eu à déplorer son égoïsme, sa frivolité. Bien sûr, pour me plaire, elle se glisse dans le rôle que je lui ai suggéré, celui d'une femme généreuse, dévouée et mondaine à la fois.

Je pense que mon destin était de vivre avec Sophie. Alors autant oublier ma belle inconnue de Vienne. Elle restera un rêve…

Bouleversée, Amélia rangea le carnet. Elle en prit un autre, le plus récent. Edmond avait sans nul doute commenté son arrivée au manoir. Elle devait savoir… Après, il serait temps de réfléchir, de reprendre ses esprits. Elle fut un peu déçue. Il n'y avait que six lignes la concernant :

Nous avons accueilli au manoir la baronne Amélia de Fairlik, la protégée de l'impératrice Élisabeth. Je l'ai reconnue aussitôt. Le destin se joue de moi… Je n'avais pas osé, à Vienne, demander qui était ma belle inconnue, je n'étais donc pas préparé à la revoir ici, en deuil, désespérée…

Un bruit de pas, dans la pièce voisine, fit trembler Amélia. Affolée, elle s'empressa de remettre le carnet à sa place et de refermer le tiroir.

« C'est sûrement la femme de chambre, Jeanne, qui vient faire la poussière », se raisonna-t-elle.

Arborant un air paisible malgré son embarras, elle poussa la porte de communication et se trouva nez à nez avec tante Caroline.

— Eh bien, petite, je vous ai cherchée partout. Ma migraine s'est calmée et je m'ennuyais… Jeanne a été incapable de me dire où vous étiez… J'ai craint je ne sais quoi. Mais que faites-vous chez mon neveu ?

— J'avais besoin de papier vélin pour écrire à la comtesse Festetics. Je n'en ai pas trouvé dans le bureau du marquis, au rez-de-chaussée, alors j'ai eu l'idée de regarder ici.

La vieille dame baissa les yeux avec un soupir navré.

— Mon Dieu, Amélia, vous mentez très mal. D'abord, je ne vois pas la moindre feuille de papier dans vos mains, vous tremblez de contrariété parce que je vous ai surprise et, comme vous le savez, un nécessaire à correspondance est à la disposition de tous dans la bibliothèque. Enfin, si vous avez trouvé ce que vous cherchiez réellement, descendons au salon. Le thé est servi.

La voix de Caroline avait pris des inflexions moqueuses. Amélia la suivit, rouge de confusion.

Lorsqu'elles eurent dégusté le thé de Chine et les galettes au beurre qui l'accompagnaient, les deux femmes restèrent un moment silencieuses.

— Nanie, pardonnez-moi, j'ai eu tort d'agir comme je l'ai fait, mais je voulais savoir, déclara brusquement Amélia.

— Savoir quoi ? Ce que vous saviez déjà… Edmond vous aime. Sophie doit être aveugle pour n'avoir pas deviné ce que j'ai compris immédiatement, dès qu'il m'a parlé de vous, que je l'ai vu à vos côtés. Et vous, quels sont vos sentiments ?

— J'ai du respect et de l'amitié pour le marquis, rien de plus.

— Rien de plus, me voilà tranquillisée. Vous pourriez être amoureuse de lui. Comment ne pas l'aimer ? C'est un homme tellement séduisant. Il doit souvent repousser les avances de ces dames. Mais Edmond, malgré de nombreuses liaisons avant son mariage, se montre fidèle, même s'il se permet de vous aimer en secret.

— Je vous en prie, Nanie, ne parlez pas si fort.

— De toute façon, si Edmond déviait du droit chemin, je lui tirerais les oreilles, mais pas trop fort. Je suis sotte, mais je pardonnerais tout à ce grand gamin. Pour moi, il est resté un enfant, le plus adorable qui soit… Si vous saviez comme il me gâte ! Il prend le temps de me faire la lecture, de venir semer des fleurs dans mon parc, à Cognac… Et il vous aime. J'en ai la preuve, j'ai lu ses carnets, comme vous venez de le faire, n'est-ce pas ?

Amélia fit « oui » d'un signe de tête. Heureusement, Nanie n'attendait pas de réponse. Elle poursuivit, l'air plus grave :

— La situation me semble bien périlleuse. J'ai beau être indulgente et romantique, il n'est pas question de briser ce ménage qui fait l'admiration de toute la région. Le nom des Latour ne doit pas faire l'objet de commérages. Vous devriez quitter le manoir après vos couches, Amélia. Vous êtes catholique, il est de votre devoir de ne plus soumettre mon neveu à la tentation.

— Mais où irais-je, si je ne retourne pas à Vienne ?

— Vous habiterez chez moi, à Cognac, et vous veillerez sur mes vieux jours, du moins ceux qui me restent à vivre. Nous nous promènerons sur le boulevard, le soir. Ma cuisinière vous fera de bons petits plats. Quand je m'éteindrai, vous hériterez de ma maison, qui est fort plaisante. Qu'en dites-vous ?

— C'est très généreux de votre part, Nanie, et je vous aime beaucoup. Ce serait une solution envisageable.

— Et vous verrez votre enfant de temps en temps. Sophie et Edmond nous rendront visite avec le petit, en tout bien tout honneur.

La voyant indécise, la vieille dame se fit plus persuasive :

— Sophie sera mécontente si vous demeurez au manoir ou à Cognac, mais elle aura eu ce qu'elle désirait le plus : un bébé à choyer. Croyez-moi, c'est plus sage. Je connais Edmond. Vous lui plaisez plus que quiconque, je l'ai vu dans ses yeux, nous avons lu toutes deux ses confessions. Et vous savez pourquoi il vous aime autant ? Parce que vous avez une âme, une belle âme éprise d'absolu et de passion, comme la sienne. Seulement, il a épousé Sophie devant Dieu, je ne veux pas qu'il se parjure.

Amélia se redressa, très digne, le visage empreint d'une farouche détermination.

— Nanie, le marquis ne se parjurera pas, puisque je ne lui en fournirai jamais l'occasion. Peut-être me jugez-vous de mœurs légères, au fond, pour avoir cédé à mon fiancé avant le mariage. Je l'ai assez déploré, j'ai suffisamment souffert de m'être ainsi abandonnée. N'ayez pas peur, je pourrais finir mes jours en présence de votre neveu sans rien lui accorder, hormis mon amitié.

La jeune femme se mit à pleurer. Caroline marmonna des excuses et lui prit les mains.

— Faites à votre idée, petite. Mais n'oubliez pas, je vous offre l'hospitalité, mon trop-plein de tendresse et un refuge plus sûr que le manoir, à mon humble avis.

— Je n'oublierai pas, promit Amélia. Merci, Nanie.

*

Manoir de Bellevue, mercredi 22 août 1888

Il pleuvait sur le domaine de Bellevue, une pluie fine et drue qui semblait une bénédiction après plusieurs jours de canicule. La terre tiède exhalait une senteur délicieuse, mélange d'herbe mouillée et de pierre rafraîchie par l'eau du ciel.

Amélia s'était accoudée à la fenêtre de la salle à manger, grande ouverte sur le parc. La tante Caroline, affamée, venait de prendre place à table, où le couvert était mis pour elles deux.

— Le commis de cuisine a bien appris les leçons du vieux Vincent, décréta la vieille dame. Le vol-au-vent d'hier soir était excellent. Nous avons du brochet en sauce blanche, à midi. J'apprécie le poisson de rivière, et vous, petite ?

La jeune femme se retourna en souriant. Elle avait peu d'appétit mais s'efforçait de faire honneur aux plats.

— Moi aussi, Nanie, mais en fait, je n'ai jamais goûté du poisson de mer.

— En parlant de mer, Sophie et Edmond doivent être sur le chemin du retour. Il était question d'une semaine à Royan, pas davantage. Je les attendais dimanche, nous sommes déjà mercredi.

— Ils auront prolongé leur séjour, hasarda Amélia.

— Certes, mais les vendanges approchent et cela m'étonne d'Edmond. D'habitude, il tient à surveiller le nettoyage du matériel et l'état des vignobles. Et nous n'avons eu droit qu'à une carte postale nous annonçant qu'ils étaient bien arrivés à la villa… Le casino et sa terrasse remplie de beau monde ! Sophie aurait pu vous envoyer une vue de la mer, au moins.

Jeanne entra avec le plat de hors-d'œuvre, suivie de Colette qui portait une saucière. La femme de chambre, en l'absence de la gouvernante, usait de son autorité sur la très jeune bonne, engagée par Sophie un mois auparavant.

— Des asperges et des œufs en gelée, à la bonne heure ! s'exclama Caroline, ravie.

Les domestiques sorties, Amélia s'installa à son tour en gardant la main posée sur son ventre.

— Le bébé bouge beaucoup aujourd'hui, constata-t-elle. Peut-être qu'il aime la pluie.

— Vous vous sentez mieux, grâce à la fraîcheur de l'air, donc lui aussi. Comme vous avez changé en quelques jours, ma chère enfant ! Et j'en suis enchantée. Vous êtes moins prude, plus détendue, plus gaie. Je vous donne un exemple : quand je suis arrivée au domaine, vous n'osiez pas évoquer ainsi votre bébé. La société nous étouffe sous le poids des conventions, de la bienséance. Que ce soient les femmes du peuple, celles de la campagne, les bourgeoises ou bien les aristocrates, il ne faut jamais dire un mot sur le corps et ses sensations, par pudeur.

Amélia, un peu surprise par ce petit discours, songea que le marquis avait dû subir l'influence de sa tante et qu'il n'était pas un libre-penseur par hasard. Amusée, elle eut un sourire en coin.

— Mon Dieu, que vous êtes belle ! s'inquiéta Caroline. Je plains mon neveu, il va souffrir mille morts en vous revoyant.

— Nanie, je vous en prie, ne dites pas des choses pareilles, déplora la jeune femme.

Elles se regardèrent, l'une moqueuse, l'autre gênée, et ce moment anodin devait rester gravé dans leur mémoire, à l'instar de ces minutes où le destin bascule d'un coup, renversant l'ordre établi, détruisant les certitudes.

Une folle galopade résonna dans l'allée. Un cheval lança un hennissement aigu. Puis quelqu'un monta au pas de course les marches jusqu'au perron.

La femme de chambre traversa le vestibule et ouvrit la double porte. Amélia, figée, perçut une voix d'homme.

— Un pli urgent pour Caroline de Latour.

Presque aussitôt, le cavalier repartit et Jeanne tendit un pli scellé à la vieille dame.

— C'est l'écriture d'Edmond, dit-elle tout bas.

— Ouvrez vite la lettre, Nanie. Le marquis doit expliquer leur retard.

Malgré la banalité du dialogue, elles éprouvaient toutes les deux un étrange pressentiment, peut-être à cause de la façon dont le courrier avait été livré, dans un galop d'enfer, par un messager inconnu et non par le facteur du bourg voisin.

10

Le prix à payer

Caroline mit ses lunettes et décacheta l'enveloppe. Amélia la vit pâlir au fil de sa lecture, puis devenir livide, la respiration précipitée, les traits crispés sous le coup d'une émotion dévastatrice.

— Seigneur, non… C'est affreux, épouvantable, bredouilla-t-elle enfin, la mine défaite. Mon Dieu, quelle tragédie, une épouvantable tragédie…

— Que s'est-il passé, Nanie ? Vous me faites peur.

— Ma pauvre petite, comment vous dire ? J'ose à peine vous confier ce que je viens de lire, si je m'attendais…

La vieille dame ferma les yeux, une main sur le cœur, prête à suffoquer.

— Jeanne, vite, un cordial ! Elle fait un malaise ! s'écria Amélia, sans oser imaginer le contenu de la lettre.

La femme de chambre ne perdit pas une seconde. Elle versa du vin de Madère dans un petit verre en cristal et elle le présenta à tante Caroline, qui le but d'un trait.

— Nanie, il s'agit d'une mauvaise nouvelle, n'est-ce pas ?

— Une terrible nouvelle, Amélia. Sophie, la malheureuse... Sophie est morte ! Je ne peux pas le croire. Seigneur, et moi qui médisais sur son compte comme une vieille pie.

Sidérée, Amélia secoua la tête. Elle refusait d'admettre ce qu'elle venait d'entendre.

— Sophie, morte ? balbutia-t-elle. Mais comment ?

La jolie marquise lui apparut telle qu'elle était le matin de son départ pour Royan, ses cheveux blonds relevés en chignon, son teint de pêche, ses grands yeux d'un bleu pur si rieurs. Un étau broya sa poitrine.

« Sophie était si heureuse d'aller au bord de la mer, songea-t-elle. Encore plus d'avoir reçu Sissi à Bellevue... »

Caroline reprit sa lecture en poussant des exclamations étouffées, sans verser une larme, cependant.

— Les obsèques ont eu lieu ce matin, à Saintes, dit-elle d'une voix tendue. Sophie a été inhumée dans le caveau de sa famille, les Lasfrand. L'accident est survenu dimanche, son amie Flavie s'est noyée également.

— Sophie s'est noyée ? interrogea Amélia, glacée, le front moite d'une sueur froide, les oreilles bourdonnantes. Je ne me sens pas bien, Nanie.

Jeanne, qui assistait à la scène, se rua vers elle et l'empêcha de s'effondrer sur le parquet. Affolée, elle appela Colette à l'aide.

— Vite, il faut allonger Mme la baronne, ordonna la femme de chambre à sa subalterne.

— Emmenez-la dans le grand salon, couchez-la sur la méridienne, conseilla Caroline, faites-lui respirer des sels. Mon Dieu, mon Dieu, quel malheur… Edmond aurait dû nous prévenir bien avant, ma place était auprès de lui.

Tout en pestant, la vieille dame ôta ses lunettes. Un gros sanglot la fit suffoquer.

*

Amélia reprit connaissance quelques minutes plus tard, confortablement étendue sur des coussins. Quelqu'un agitait un éventail près de son visage, tandis qu'une odeur de lavande et de menthe fraîche lui parvenait, délicieuse…

Elle tourna un peu la tête et aperçut Caroline, assise à son chevet. Encore dolente, l'esprit entre rêve et réalité, la jeune femme tendit la main vers elle.

— Vous pleurez, Nanie ?

— Oui, petite. Je suis une dure à cuire, mais j'ai bien failli tourner de l'œil, comme vous. La colère m'a sauvée. Je ne comprends pas le silence d'Edmond. Depuis dimanche, il aurait pu nous télégraphier. Je crois qu'il a écrit ce sinistre pli hier soir, puisqu'il donne ce mercredi comme date pour les funérailles de son épouse. Et d'un ton froid, bizarre. J'ai des consignes à suivre, également.

En reprenant ses esprits, Amélia dut se résigner. Sophie était morte. Elle ne la verrait plus virevolter dans une robe de bal ni rire aux éclats, sa belle gorge palpitante.

— Vous disiez que Sophie s'est noyée ? interrogea-t-elle, la gorge nouée.

— Une sortie en mer, sur un voilier, qui s'est mal terminée. Le mari de son amie s'est aventuré au large, ils ont chaviré, je n'en sais pas plus, Edmond ne livre aucun détail. Il n'était pas à Royan ce jour-là, mais à une manifestation équestre du côté de Rochefort. Enfin, mon neveu me prie de rester au manoir, de faire préparer pour son retour le pavillon de chasse. Il sera là samedi…

Tante Caroline tamponna ses yeux meurtris du bout des doigts. Amélia se redressa, lui tendit les bras.

— Je suis tellement triste, Nanie.

Elles s'étreignirent et pleurèrent ensemble, tandis que la domesticité, réunie dans le couloir voisin, discutait à voix basse.

— Pauvre madame, reniflait Jeanne. Mourir si jeune… M. le marquis ne s'en remettra pas.

*

La gouvernante et le cuisinier arrivèrent au manoir en milieu d'après-midi. Accablée de chagrin, Amélia se reposait dans sa chambre. Une légitime anxiété s'ajoutait à sa peine, car elle ignorait ce que déciderait le marquis à son sujet.

Lucienne et Vincent furent accueillis par Caroline, toute vêtue de noir, qui s'enferma avec eux dans le boudoir. Elle exigea un récit complet du drame, certaine qu'ils sauraient la renseigner mieux que quiconque.

Une heure plus tard, tremblante de nervosité et d'angoisse, la vieille dame frappait à la porte d'Amélia.

— Nanie, excusez-moi, je n'aurais pas dû vous abandonner ! s'exclama la jeune femme. Entrez vite.

— Vous avez eu raison. Dans votre état, il faut vous ménager, petite. Je dois vous parler. Allons, asseyons-nous. Lucienne et Vincent sont de retour, et bouleversés, croyez-moi. Ils m'ont tout raconté et transmis les volontés de mon neveu. Mon pauvre Edmond est désespéré, paraît-il. Il se reproche la mort de Sophie et celle de son amie Flavie. Pensez-vous, ces malheureuses avaient coutume de se baigner à Royan en eau peu profonde, mais elles ne savaient pas bien nager. Alors, quand le voilier a chaviré, le mari de Flavie s'est démené pour secourir son fils, qui était de la promenade, mais il n'a rien pu faire pour son épouse et notre Sophie. Remercions Dieu, un chalutier a repêché les corps le lendemain, le long de la côte sauvage. Des corps brisés, déchiquetés par les rochers. Les parents de Sophie séjournaient eux aussi à la villa, ils ont espéré une nuit entière… Ce sont eux, ensuite, qui ont tenu à l'enterrer dans leur caveau, à Saintes. Le choc a été rude pour Edmond, d'autant qu'il aurait refusé de participer à la sortie et il le déplore. C'est un excellent nageur, il aurait pu les sauver…

— Seigneur Dieu, quelle horreur! gémit Amélia. Le destin choisit certains d'entre nous et les supprime du monde des vivants, en quelques instants.

Le décès brutal de Sophie la ramenait à la mort tout aussi foudroyante de Karl.

« Deux êtres jeunes, en pleine santé, qui voulaient vivre et aimer, fauchés, balayés par la main impitoyable du destin ! » songeait-elle, secouée par de violents sanglots.

— Petite, calmez-vous, supplia Caroline en lui prenant la main. Vous pensez à votre fiancé, bien sûr. Je vais sonner Jeanne, nous avons besoin d'un remontant, un bon cognac.

— Oh, non, pas d'alcool, Nanie. J'ai des douleurs au ventre, je préférerais du thé.

— Nous n'avons pas déjeuné, finalement. Vous devriez prendre une collation, nota la vieille dame.

Mais Amélia refusa, en proie à un profond malaise, égarée par une sourde révolte, une terrible souffrance morale. Elle en vint à évoquer sa souveraine, à la plaindre encore une fois.

« Sa Majesté a enduré bien des deuils déjà, dont le plus cruel, sa petite fille de deux ans et demi. La mort de Sophie me blesse en plein cœur, c'était mon amie. Mon Dieu, je n'en peux plus, c'est moi qui aurais dû mourir à sa place… », se dit-elle, haletante.

— Ciel, ma chère petite, qu'avez-vous ? s'affola Caroline. Ces douleurs que vous ressentez, sont-elles régulières ? Si c'était le bébé…

— Non, quand le docteur Malard est venu, à la demande de Sophie, il a confirmé la date de la naissance. Ce sera pour le début du mois d'octobre.

— Mettez-vous au lit, je vais envoyer chercher le médecin.

Amélia s'allongea avec soulagement, un édredon sur les jambes. La femme de chambre, appelée en renfort, disposa un gros coussin sous sa tête, lui fit avaler du lait chaud.

Caroline s'installa à son chevet. Elle tenait à l'informer, malgré tout, des volontés de son neveu.

— Edmond a chargé Lucienne de me remettre un second pli, qu'il a écrit à la hâte, de toute évidence, et dans lequel il me demande de veiller sur vous. Il laisse le manoir à notre disposition. Il y viendra le moins souvent possible. Amélia, nous en saurons davantage samedi, d'ici là, soyez sans crainte et reposez-vous.

— Mais l'enfant ? Que deviendra mon enfant ?

— L'avenir le dira, petite.

*

Domaine de Bellevue, samedi 25 août 1888

Caroline et Amélia avaient guetté toute la journée le retour d'Edmond. Le crépuscule bleuissait les jardins et le parc, mais le marquis tardait à rentrer au domaine. Pourtant, sa tante avait suivi ses consignes à la lettre.

Le pavillon de chasse était nettoyé, aéré, pourvu en bois de chauffage. L'aménagement était sommaire mais pratique. La vieille dame avait envoyé la gouvernante et un des valets du manoir à Cognac, afin de récupérer une partie de sa garde-robe et de recommander à sa cuisinière de garder la maison jusqu'à son retour.

— Je suis inquiète, petite. Edmond revient en calèche, pourvu qu'il n'ait pas eu un accident..., soupira-t-elle, ses mains ridées serrées autour de son missel.

Amélia avait remarqué que Caroline priait à longueur de journée. Le matin même, elles avaient assisté à une messe célébrée en l'honneur de la marquise dans l'église du village.

— Le sort ne peut pas être aussi cruel, Nanie, dit-elle d'un ton désolé.

— Oui, mais on prétend qu'un malheur n'arrive jamais seul, rétorqua celle-ci. Enfin, de votre côté, je suis tranquille. Le docteur Malard affirme que le bébé et vous êtes en pleine forme, en dépit de l'alerte de mercredi.

— C'était dû au chagrin, à l'émotion trop violente, déplora la jeune femme. Ce soir, je ne vaux guère mieux, je suis malade de nervosité à l'idée de revoir le marquis.

— Voulez-vous mon avis ? Edmond ne mettra pas les pieds ici. Il se peut qu'il soit déjà là, dans le pavillon de chasse. Je vais y envoyer Jeanne. Il lui faudra à manger de toute façon. J'irais bien moi-même, mais il fait sombre et ma vue n'est pas fameuse.

— Et si j'y allais à votre place ? suggéra Amélia, lasse de rester confinée dans le grand salon.

— Je doute que ce soit judicieux.

— Pourquoi ?

— Vous venez de m'avouer que vous êtes très nerveuse, ce sont vos propres mots, petite.

— Eh bien, disons, dans ce cas, que je voudrais faire preuve de courage, pour une fois. J'ai été éduquée strictement, on m'a appris à me taire, à dissimuler mes peurs, mes joies, que ce soit au couvent ou à la cour impériale. Si je trouve le marquis, je lui présenterai mes condoléances et je reviendrai vite.

La tante Caroline scruta les traits de la jeune femme d'un air intrigué, sondant son regard brun. Elle n'y lut aucune ambiguïté, aucune arrière-pensée.

— Filez, ma chère petite, que je sois vite rassurée sur le sort d'Edmond.

Amélia couvrit ses épaules d'un châle et sortit sans bruit du manoir. Une faible luminosité baignait le paysage envahi de brume, un vent frais agitait la cime des sapins.

« C'est la première fois que je me promène seule, dehors, à la tombée de la nuit… »

Un battement d'ailes la fit tressaillir. Elle aperçut une chouette effraie, au plumage blanc, et suivit des yeux son vol lent et saccadé. Pour atteindre le pavillon de chasse, il fallait suivre une allée étroite, entre des rangées de buis taillés au carré. Le petit édifice au toit pointu se dressait tout au bout, près d'un bassin en pierre.

— Il y a de la lumière, se dit-elle à mi-voix. Peut-être un domestique…

En approchant, Amélia constata que la porte était ouverte en vis-à-vis d'une cheminée où crépitait une belle flambée de sarments. Elle s'avança sur le seuil, découvrit un fauteuil de facture rustique, où était assis Edmond de Latour. Le marquis lui tournait le dos, les épaules voûtées, la main droite appuyée sur le front.

La jeune femme hésita. Elle pouvait reculer, rentrer auprès de Caroline et lui annoncer que son neveu était sain et sauf. Mais pleine de compassion pour cet homme dont l'attitude trahissait une immense détresse, elle frappa deux petits coups contre la porte.

— Monsieur ? appela-t-elle. Edmond…

— Amélia, murmura-t-il sans bouger ni lui faire face.

— Votre tante s'inquiétait beaucoup, alors je suis venue aux nouvelles.

— Il fallait envoyer un valet. Pourquoi vous être dérangée ?

N'osant plus faire un pas, Amélia observa le marquis qui lui opposait maintenant un profil dur, fermé.

— Je suis très affligée, souffla-t-elle, tellement désolée pour Sophie. Je l'aimais comme une sœur… Oh, pardonnez-moi, aucun mot ne peut apaiser la douleur du deuil.

Edmond fixait le feu, une expression torturée sur son visage émacié, livide.

— Pardonnez mon impolitesse, Amélia, dit-il soudain. Je ne vous accorderai plus un regard, je ne vous importunerai plus. J'ai payé cher la folie de vous avoir aimée. Oui, je me sens coupable, comme si j'avais jeté Sophie au fond de l'océan. J'ai manqué à mes serments d'époux, je devais la protéger et l'aimer, or je n'ai rien fait de tout cela. Très vite, après notre mariage, j'ai rêvé d'autre chose, du véritable amour. Et j'ai cru l'avoir trouvé, quand vous êtes arrivée au manoir. Mais ce n'était que fadaises... Amélia, le matin où Sophie et ses amis ont décidé de sortir en mer, sur ce maudit voilier, j'ai préféré me rendre à une course de chevaux. Et pourquoi ? Dans le but d'être seul, de penser à vous, de me remémorer vos rares sourires, le son de votre voix. Je ne guérirai pas du poids de ma faute, de mon égoïsme.

— Marquis, vous n'êtes pas responsable de l'accident, pas plus que je ne suis responsable de la mort de Karl. Mais je comprends que ma vue vous soit pénible. Cependant, ce n'est pas à vous d'habiter ce modeste pavillon. Je pourrais m'y établir jusqu'à la naissance de mon enfant. Ensuite, je partirai.

— Non, il n'en est pas question. J'ai besoin de solitude, de silence. Je peux rejoindre les écuries très vite d'ici et j'ai du travail en abondance pour deux bons mois. Amélia, restez au manoir. Je désire que vous meniez une vie agréable, sans tracas d'aucune sorte. Ma tante pourra s'installer à demeure et vous tiendra compagnie. Je vous offre l'hospitalité aussi longtemps que vous vous plairez à Bellevue. Quant à votre enfant, je n'ai pas changé d'avis. Je pourvoirai à son avenir.

Edmond avait parlé vite, d'un ton rauque. Il s'était un peu redressé, le regard plus vif, mais sans jamais tourner la tête vers la jeune femme. Elle vit qu'il pleurait.

— En êtes-vous sûr, marquis ? interrogea-t-elle, émue par tant de générosité.

— Je vous implore d'accepter, Amélia. Je veux expier la mort injuste et atroce de Sophie, mais en vous sachant choyée, en sécurité, libre de vos faits et gestes.

Insensiblement, Amélia s'était approchée du fauteuil. Elle expliqua d'un trait :

— L'impératrice a eu la grande bonté de me libérer de mes fonctions à la cour.

— Alors, restez, ne me quittez pas, Amélia ! s'écria-t-il en la saisissant à bras-le-corps.

Elle eut un mouvement de recul, mais il la retint et posa son front contre son ventre de femme, gonflé de vie, lourd et tendre à la fois.

— Ne me quittez pas, même si j'ai fait le serment de ne plus vous aimer.

Bouleversée, Amélia ne put s'empêcher de caresser un court instant les cheveux d'Edmond.

— Je ne vous quitterai pas, dit-elle. Je vous le promets. Maintenant, laissez-moi partir…

Le marquis lâcha prise. Amélia sortit et se fondit dans la nuit, l'esprit en proie à la plus totale confusion.

*

Le mode de vie établi par Edmond de Latour se mit en place sans heurts ni tracas. Le domaine de Bellevue tout entier pleurait la marquise, des fermiers aux domestiques, car Sophie avait su conquérir les gens du pays, autant grâce à sa beauté blonde qu'à sa gentillesse, même si ce trait de caractère était le plus souvent affecté.

Amélia avait écrit à l'impératrice afin de lui annoncer la triste nouvelle. Elle avait reçu en retour une brève réponse et des condoléances de la comtesse Festetics. « Sissi » devait être en voyage.

Personne, dans le voisinage ni parmi les employés, ne se préoccupa de la belle baronne autrichienne, prête à accoucher. On fut même satisfait d'apprendre que Caroline de Latour, une dame de la haute société, la vieille tante du marquis, régnait à présent sur le manoir.

Certains auraient été surpris de l'entendre ce matin-là de la mi-septembre…

— Le comportement de mon neveu m'exaspère, Amélia, disait-elle à la jeune femme. Passe encore qu'il s'enferme dans ce pavillon au fond du parc, mais il n'a pas pris un seul repas avec moi. Si je veux lui parler, je dois lui rendre visite dans son repaire, où il fume le cigare, alors que je déteste l'odeur du tabac.

— Nanie, ne perdez pas patience. Sa douleur le tient à l'écart, vous ne pouvez pas le lui reprocher.

Les vendanges commençaient et le pays des vignes était en effervescence. Edmond se levait à l'aube et se couchait tôt, épuisé, car il travaillait aussi dur que ses ouvriers agricoles. Amélia le savait, comme elle savait que le marquis galopait à bride abattue, au risque d'une chute mortelle, dès qu'il en avait l'occasion.

Le docteur avait recommandé à la future mère de garder la chambre, de ne faire aucun effort. Mais Caroline n'était pas de cet avis.

— Les médecins et les sages-femmes conseillent de rester allongée, de marcher le moins possible, disait-elle. Comment font les paysannes, qui triment dans les champs jusqu'au jour de la naissance ? Un peu d'exercice ne vous fera pas de mal.

Amélia souriait, n'en faisait qu'à sa tête. Elle éprouvait un bonheur secret, qui la consolait de tout. Son bébé allait venir au monde, un monde de liberté et de beauté, entre les murs du manoir et les frondaisons du parc.

« Pendant des semaines, je m'étais résignée à ne pas être ta mère, mon tout-petit, mais à présent, j'ai le droit de te chérir, de t'adorer, de t'attendre en pleurant de joie, mon enfant, mon trésor... »

11

Amélia

Manoir de Bellevue,
samedi 29 septembre 1888

Un cri aigu, proche du miaulement d'un chaton, ramena Amélia à la réalité. Elle avait perdu connaissance quelques instants, terrassée par un paroxysme de douleur.

— Ma chère petite, c'est un beau garçon ! s'extasiait la tante Caroline. Il pèse au moins sept livres. Regardez-le et vous oublierez les souffrances qu'il vous a coûtées.

La jeune mère tourna la tête, les yeux noyés de larmes. C'était le moment unique et magique de la rencontre avec ce petit être qui s'était caché pendant des mois en elle.

— Nanie, qu'il est mignon…

— Il vous ressemblera, Amélia.

Un duvet brun couvrait le crâne rond du nouveau-né, qui cligna des paupières et laissa entrevoir un regard sombre, et non bleu-gris, comme celui de bien des bébés. La sage-femme s'empressa de couper le cordon ombilical, puis elle emporta l'enfant pour le laver.

— C'était long et pénible, fit remarquer le docteur Malard, mais un premier accouchement est rarement facile, madame. Vous avez été courageuse.

— Merci, docteur. Puis-je dormir un peu, maintenant ?

Caroline jeta un coup d'œil alarmé au médecin. Il la rassura d'un signe de tête et d'un franc sourire.

— Un peu de repos vous sera salutaire, dit-il à voix haute. Faites servir à la baronne du bouillon de poule et des laitages. Je reviendrai ce soir.

La gouvernante se tenait derrière la porte. Elle ordonna tout bas à Jeanne d'aller préparer le nécessaire. La femme de chambre dévala l'escalier pour annoncer la bonne nouvelle aux autres domestiques, rassemblés à l'entrée des cuisines.

— Le bébé est né, un beau garçon ! La jeune dame a bien souffert, quand même, depuis hier soir jusqu'à aujourd'hui onze heures.

Un bruit de pas familier, qui n'avait pas résonné dans le manoir depuis la mort de la marquise, fit taire Jeanne.

Edmond marchait vers elle, chaussé de ses hautes bottes de cuir rouge, la chemise entrouverte, le teint hâlé, un peu échevelé. Le maître du domaine avait dû galoper dès l'aube dans la campagne, selon son habitude.

Tous les domestiques s'inclinèrent en marmonnant des « monsieur le marquis » respectueux. Plus effrontée, Colette désigna les étages d'un air ravi.

— Mme la baronne a eu son bébé.

— J'ai cru le comprendre, répondit Edmond, visiblement très ému. Jeanne, vous féliciterez la baronne de ma part et vous me donnerez de ses nouvelles régulièrement, je serai au pavillon de chasse.

— Oui, monsieur.

— Attendez un moment, je voudrais lui faire passer un message, aussi… Je suppose que vous lui monterez de quoi reprendre des forces, alors soignez la présentation, je vous prie. C'est la première fois, depuis ma naissance, que ces murs abritent un nouveau-né, il faut célébrer l'événement…

Une demi-heure plus tard, le docteur Malard, qui grimpait sur le siège de sa calèche, vit accourir le marquis.

— Cher docteur, tout danger est-il écarté ? demanda-t-il à brûle-pourpoint. L'enfant et sa mère sont en bonne santé ?

— Mais oui, n'ayez aucune inquiétude. La sage-femme reste au chevet de la baronne et je repasserai l'examiner ce soir.

— Très bien, je vous remercie.

Edmond s'éloignait déjà quand tante Caroline l'appela du perron. La vieille dame portait un bonnet de dentelle juché de travers sur ses cheveux blancs, mais elle exultait.

— Mon neveu, ne vous sauvez pas ! Et ne m'obligez pas à descendre ces marches, alors que je n'ai pas dormi de la nuit pour veiller sur Amélia. Venez m'embrasser !

Vaincu, le marquis la rejoignit et la serra fort contre son cœur. Il fut incapable de parler, mais tenu d'écouter.

— Vous viendrez demain, Edmond, voir ce beau petit. Mon Dieu, quelle rude épreuve que l'enfantement… Au moins, consentez à ce que je vous présente le bébé dans le grand salon.

— Peut-être, Nanie, peut-être demain.

*

Jeanne tira Amélia d'un sommeil réparateur, en disposant près du lit un lourd plateau d'où s'échappait une délicieuse odeur de café. La jeune mère, encore somnolente, demanda :

— Mais où est mon bébé ? Et tante Caroline ?

— Votre fils dort dans la chambre voisine, baronne, la sage-femme ne le quitte pas. Monsieur m'a dit de vous féliciter et surtout de bien vous reposer.

Jeanne eut un sourire comblé. Elle jeta un regard satisfait au plateau. Tout était parfait, elle avait veillé à composer un ensemble appétissant et élégant : napperon de dentelle, tasse de porcelaine anglaise, au décor de muguets et de narcisses, ramequins remplis de gelée de groseille, brioches dorées et petite terrine de beurre.

— Le bouillon de poule n'est pas prêt, alors j'ai monté un petit déjeuner, ajouta-t-elle.

Amélia, charmée, se rendit compte qu'elle était affamée. Elle voulait remercier chaleureusement la domestique quand un détail attira son attention. Une rose rouge, épanouie, s'inclinait sur sa tige et garnissait un vase étroit, d'une finesse exquise. Une enveloppe bleue était posée à côté.

— La rose et la lettre, c'est monsieur, précisa la femme de chambre.

— Merci, Jeanne. Vous pouvez me laisser, je vais manger de bon appétit.

Une fois seule, Amélia soupira de bien-être. Par la fenêtre ouverte, elle apercevait les coteaux voisins, la cime des frênes bordant le ruisseau. Le ciel matinal était d'un gris délicat. Les merles et les mésanges chantaient.

Le bonheur la submergea devant tant d'harmonie, de beauté. Vite, elle ferma les yeux et pria.

« Sophie, pardonnez-moi d'être aussi heureuse. J'ai un fils. Je l'ai à peine vu, il me manque déjà. Sophie, je l'aimerai de tout mon être, en hommage pour vous et pour toutes les femmes qui n'ont pas la joie d'être maman. Et je lui parlerai de vous, plus tard, quand il sera grand. Que Dieu vous ait en Sa sainte garde. »

Amélia se signa avec gravité. Elle fixa ensuite l'enveloppe bleue, hésitant à l'ouvrir. La curiosité fut la plus forte.

Chère Amélia,

Hier soir, vers minuit, ayant appris que vous étiez dans les douleurs, je marchais sur la terrasse. J'ai perçu un cri, des voix, encore un cri et j'ai imploré le Seigneur de vous protéger, de vous accorder une longue vie, ainsi qu'à votre enfant.

Aujourd'hui, à l'instant, je viens d'entendre des pleurs de bébé et j'en aurais crié à mon tour, mais de soulagement. Merci d'avoir donné à ce vieux manoir une jeune existence pleine de riches promesses.

Considérez-vous comme une invitée bien-aimée qui ne doit avoir d'autres soucis que son bonheur et sa santé. Vous devez être heureuse, pour moi, pour votre enfant et surtout pour vous…

Avec mes sincères félicitations,

Edmond.

Amélia replia la feuille et la rangea dans l'enveloppe qu'elle cacha sous son oreiller. Puis elle goûta une brioche, après avoir effleuré d'un doigt timide la rose rouge, éternel symbole d'amour.

*

Manoir de Bellevue, 5 février 1889

Il avait neigé sur le domaine durant la nuit, un simple poudroiement nacré qui transfigurait cependant les jardins et le parc. Amélia, émue, avait songé aux hivers autrichiens de son enfance, sans sombrer dans la mélancolie. Son fils, âgé de quatre mois, effaçait d'un sourire, d'un rire en grelot, les ombres du passé.

Là encore, assise près de la cheminée du grand salon, où flambaient d'énormes bûches de chêne, elle contemplait son enfant endormi. Tante Caroline, emmitouflée dans un lainage, car elle était très frileuse, se pencha sur le berceau.

— Ce petit est d'une rare sagesse. Il tète et il dort, quand il ne s'amuse pas avec son hochet ou sa balle en tissu. Au fait, Amélia, l'impératrice vous a-t-elle enfin écrit ? Vous avez reçu une lettre la veille de Noël, il me semble…

— En effet, Nanie, mais c'était encore un courrier de la comtesse Festetics. Avez-vous déjà oublié ? Je vous avais fait part du décès du duc en Bavière, Maximilien, le père de Sissi. Il a succombé à une attaque d'apoplexie le 15 novembre de l'an dernier.

— Ah, oui, je me rappelle à présent, mentit la vieille dame dont la mémoire se montrait de plus en plus déficiente.

— L'impératrice aimait tant son père, soupira Amélia. Elle a dû être très malheureuse.

— Oui, bien sûr, concéda Caroline. Pour cette raison, je désapprouve l'entêtement d'Edmond à loger dans le pavillon de chasse. J'ignore le nombre de jours qui me restent à vivre, mais je voudrais les passer en famille et je n'ai que mon neveu. Enfin, Amélia, admettez que cela devient ridicule. Même à Noël, Edmond n'a fait qu'une courte apparition pour m'offrir des confiseries. Et vous n'étiez pas là.

— Je préfère nourrir Emmanuel à l'étage, sans témoin, plaida la jeune femme.

L'enfant avait été baptisé Emmanuel, Louis, Charles, en hommage au plus jeune frère de Sissi, Maximilien Emmanuel, et au roi Louis II de Bavière. Quant à Charles, c'était la forme française de Karl et ni Caroline, la marraine, ni Edmond, le parrain, n'avaient songé à protester.

— Seigneur, allaiter son enfant... Vous n'en ferez pas d'autre, ma chère petite, s'esclaffa la vieille dame avec une mimique de réprobation. Je vous avais pourtant trouvé une nourrice de confiance.

— Dieu a donné du lait aux mères, ce serait dommage de ne pas en faire profiter les bébés, trancha Amélia. Et je...

Un claquement de porte la fit taire, assorti d'un courant d'air froid. Un bruit de bottes résonna dans le couloir. Les deux femmes se regardèrent, surprises. Ce ne pouvait être qu'Edmond. Il entra, son chapeau blanchi par la neige, sa cape constellée de cristaux de givre.

— Ma tante, Amélia..., dit-il, la voix altérée par l'émotion, le regard empreint d'une tristesse infinie.

— Seigneur, mon cher neveu, vous brisez enfin votre vœu d'isolement ! s'écria Caroline. Par ce temps glacial, c'est plus raisonnable.

— Peu importe le climat, ma tante, autre chose m'amène ici, rétorqua le marquis en fixant Amélia avec insistance.

Il la trouva plus belle encore, d'une minceur exquise, la poitrine épanouie, ses cheveux répandus sur les épaules. Elle se troubla, lui montra l'enfant d'un mouvement de tête.

— Vous n'avez pas vu Emmanuel depuis la Chandeleur, je crois, Edmond.

— Amélia, excusez-moi, je ne voudrais pas vous vexer en accordant peu d'attention à mon filleul, mais je suis venu pour vous annoncer une terrible tragédie, qui va briser à jamais le cœur de l'impératrice Sissi. Son fils Rodolphe a été découvert mort à Mayerling, avec sa maîtresse, Marie Vetsera, un double suicide, selon la presse. Je l'ai appris à Cognac, où j'étais ce matin. Les gens en parlaient, j'ai vite acheté un journal.

— Rodolphe..., souffla Amélia, stupéfaite, horrifiée aussi.

« Ma bien-aimée souveraine doit être dans un état de désespoir affreux. La malédiction des Wittelsbach... »

— Que dites-vous ? s'étonna Edmond.

— Rien, excusez-moi. J'écrirai à l'impératrice dès ce soir. Je vous remercie de m'avoir avertie.

Caroline les écoutait, la mine navrée. Mais elle fut encore plus affligée quand le marquis la salua et sortit. Amélia le constata et, dominant sa réserve naturelle, elle le rattrapa au moment où il s'apprêtait à franchir le seuil du manoir.

— Edmond, je voudrais vous entretenir de votre tante. Écoutez-moi, je vous en prie.

Il s'immobilisa, résistant à l'envie de la dévisager.

— Vous m'avez appelé deux fois Edmond, et non plus marquis... Ma foi, c'est plus simple.

— Sans doute, répondit-elle. Mais là n'est pas le propos. Il me semble que vous devez affection et respect à votre tante. Vous lui manquez, elle s'en plaint sans cesse. Vous êtes sa seule famille. Je suis sans doute la cause de vos absences. Si vous ne cherchiez pas à m'éviter, Nanie ne souffrirait pas de la situation. Vous m'avez expliqué vouloir expier, vous punir d'un sentiment coupable à mon égard, mais en fait, vous faites de la peine à cette chère vieille dame, vous la punissez aussi. Sa mémoire décline, elle vous quittera un jour ou l'autre et vous vous confondrez encore en remords. Edmond, le manoir est assez vaste pour ne pas me croiser. Faites porter un lit dans votre bureau du rez-de-chaussée, déjeunez et dînez avec votre tante. Je prendrai mes repas seule. Rendez-la heureuse, la mort ne doit pas toujours triompher.

Sur ces mots, Amélia s'éloigna d'un pas léger. Le bébé s'était réveillé et pleurait.

*

Le lendemain, le marquis de Latour vint partager le déjeuner de tante Caroline. Avertie par Jeanne, Amélia se cantonna dans sa chambre, avec le bébé, et se fit monter un plateau.

Elle donna le sein à son fils, puis elle voulut terminer sa lettre de condoléances destinée à l'impératrice. Les premières lignes se rapportaient au grand malheur qui la frappait, mais la jeune Autrichienne avait ensuite évoqué sa gratitude.

J'ai appris à aimer le doux pays des vignes, où votre immense bonté m'a conduite un jour d'avril. Je m'attache au manoir, à chaque fleur du jardin, couvert de neige depuis hier. J'ai même pris goût à rendre visite aux chevaux du marquis, quand celui-ci s'absente.

— Je ne peux pas étaler ma joie de vivre dans ces pages, pas plus que mon bonheur d'être mère, dit-elle tout bas en déchirant la feuille de papier. Même si j'éprouve parfois des remords vis-à-vis de Sophie, moi aussi…

Évoquer ce prénom fit rougir Amélia. Depuis qu'elle ne côtoyait quasi plus le maître du domaine, il occupait souvent ses pensées, bien trop souvent pour l'ignorer. Dès qu'elle entendait un bruit de sabots, il lui fallait regarder par la fenêtre, suivre des yeux le fier et sombre cavalier qui partait sur ses terres ou en revenait.

Le soir, de la même fenêtre, la jeune femme scrutait les ténèbres afin de deviner le carré de lumière qui lui signalait le pavillon de chasse.

« Nous pourrions au moins être amis ! » se dit-elle encore une fois, sans reconnaître la naissance, au fond de son cœur, d'un amour bien différent de celui que lui avait inspiré son fiancé, le jeune et fragile Karl aux désirs impétueux.

*

Dans la salle à manger, Edmond de Latour affrontait les remontrances de sa tante. Malgré une évidente jubilation, Caroline tenait à dire son opinion.

— Je suis bien contente, mon neveu, de vous revoir enfin sous le toit des Latour, à votre table, en somme, mais vous m'avez beaucoup peinée en m'abandonnant durant des mois. J'avais tant de chagrin, pour Sophie, pour vous. J'en ai perdu l'entendement, je crois. Sans Amélia, je n'aurais pas supporté votre attitude.

— Nanie, votre viande refroidit, mangez donc. Vincent accommode le veau à merveille, c'est un régal.

— Ne m'assommez pas de banalités sur la cuisine, Edmond. Je ne suis pas sotte, j'ai compris votre manège. Et j'avais deviné certaines choses avant votre départ pour Royan.

— Si vous pouviez éviter, Nanie, de remuer le couteau dans la plaie, pesta-t-il, le regard noir. Ne vous étonnez pas si je préfère le silence du pavillon de chasse.

La vieille dame en eut les larmes aux yeux. Elle avala une bouchée de rôti, puis repoussa son assiette.

— Je sais que le malheur rend cruel, Edmond. Cependant, je vous pensais d'une autre nature que le commun des mortels. Je n'ignore rien de votre amour pour Amélia ni de votre volonté d'expier cet amour. Mais c'est un peu facile en vous gardant bien de lui parler, de l'approcher. Je conçois ce que vous ressentez, la culpabilité, l'impression d'avoir trahi votre épouse devant Dieu. Néanmoins, j'estime que le vrai courage serait de détruire vos sentiments pour Amélia, surtout si vous comptez l'établir ici, au domaine de Bellevue. Le voisinage, vos relations finiront par jaser.

— Eh bien, qu'ils jasent, je m'en contrefiche ! Je fais ce que je veux chez moi, sous mon toit, sur mes terres.

— Ne vous fâchez pas, Edmond. J'ai une grande affection pour votre protégée, je la considère un peu comme ma petite-fille, mais dans votre intérêt il faudrait envisager une solution plus appropriée. Je vous propose de l'emmener à Cognac, avec l'enfant. Elle finira un jour ou l'autre par rencontrer un homme susceptible de l'épouser et, vous, dans quelques années, vous pourrez vous remarier et avoir un héritier de votre sang.

— Ciel, vous n'avez aucune pitié, ma tante.

— Ah, vous ne m'appelez plus Nanie ?

— Non, je suis furieux. Sachez que rien ne changera dans les mois à venir, tant que je souffrirai dans mon âme et dans ma chair d'avoir perdu Sophie. Nous avons vécu quatorze ans comme mari et femme, elle avait ses défauts, j'avais les miens, mais nous avons été un couple heureux, lié par une solide amitié et un goût prononcé pour le plaisir des sens. Tant pis si je vous choque... Non, rien ne changera, tant que la baronne de Fairlik se plaira à Bellevue. Je me suis renseigné auprès des domestiques, Amélia a fait leur conquête et elle se révèle une parfaite maîtresse de maison.

Devant la mine désappointée de tante Caroline, Edmond se radoucit. Il la vit essuyer une larme, toute tremblante.

— Nanie, je devais mettre les choses au point avec vous. Je suis certain que vous pensiez agir au mieux en me conseillant l'impossible, mais je vous en supplie, désormais, nous nous contenterons de discuter des vignes, des chevaux et du temps qu'il fait.

Caroline déclara d'une voix faible :

— Alors vous reviendrez dîner au manoir, mon neveu ?

— Oui, Nanie, car je vous aime à l'égal d'une mère.

Réconfortée, la vieille dame soupira d'aise. L'orage était passé. Rien ne changerait au domaine de Bellevue pendant plusieurs mois.

12

Secrets d'amour

Manoir de Bellevue, 28 août 1890

Il était quatre heures de l'après-midi. Amélia promenait son fils dans le parc, dont les ombrages dispensaient une délicieuse fraîcheur. L'enfant lui tenait sagement la main en écoutant avec ravissement le chant des innombrables oiseaux qui perchaient dans les futaies.

— Es-tu fatigué, Emmanuel ? lui demanda-t-elle.

Le petit lança un « non » sonore, suivi d'un rire léger. Un instant plus tard, il échappait à sa mère pour courir entre les arbres.

— Coquin, sois prudent, tu pourrais tomber !

Comme le répétait Colette, la jeune bonne promue au rang de nurse, Emmanuel avait les cheveux bruns de la baronne, son doux visage et ses yeux sombres. Amélia, attendrie, le laissa gambader.

« Il aura deux ans dans un mois, songea-t-elle. Nanie trouve qu'il devrait parler davantage, mais tant qu'il sait dire "maman", je suis aux anges. »

L'enfant poursuivait à présent un papillon. Ses cris de joie n'empêchèrent pas la jeune femme d'entendre un attelage remonter l'allée voisine.

« Peut-être un négociant en eau-de-vie qui vient voir le marquis », se dit-elle.

Depuis le décès de la marquise de Latour, les visites étaient rares. Sophie, avide de distractions, de fêtes, organisait les mondanités. Très vite, la haute société du pays avait rayé de son carnet d'adresses le domaine de Bellevue.

— Emmanuel, viens vite, nous rentrons goûter !

Le garçonnet trottina vers elle, les joues roses, charmant dans son costume de toile beige, coiffé d'un chapeau assorti.

Amélia le souleva, le couvrit de baisers et marcha sans hâte vers le manoir. Soudain, elle aperçut, sous un arceau de rosiers grimpants, une silhouette de femme en grand deuil. Un voile noir dissimulait son visage.

Elle ne pouvait pas se tromper et son cœur se mit à cogner dans sa poitrine.

— Comtesse ! appela-t-elle.

Sissi avança de quelques pas, releva son voile.

— Amélia… Et voici Emmanuel.

Aveuglée par les larmes, Amélia posa son fils et s'inclina dans une profonde révérence. Mais elle saisit très vite la main que lui tendait sa souveraine et l'effleura de ses lèvres.

— Comtesse, quel bonheur de vous revoir et quelle joie de vous présenter mon enfant.

— Ma voiture m'attend. J'ai prié la comtesse Festetics de patienter à l'intérieur, je tenais à être seule avec vous. Par chance, je vous ai vus, tous les deux. Amélia, je n'ai qu'une heure à vous consacrer. Ma suite est déjà en route pour Arcachon, où je séjournerai quelques jours, au Grand Hôtel. J'embarquerai ensuite pour Corfou. Plus rien ne me retient à la cour de Vienne. Marie-Valérie s'est mariée, et Rodolphe…

— Je sais, Majesté. Venez, asseyons-nous sur ce banc, où je viens souvent lire, proposa la jeune femme, ayant deviné que l'impératrice souhaitait la plus totale discrétion.

— Oui, nous serons bien. Amélia, je voulais vous revoir et je ne regrette pas d'être venue jusqu'ici. Vous étiez une très jolie jeune fille, mais vous êtes maintenant une mère radieuse, d'une rare beauté, surtout dans cette robe jaune, toute simple et lumineuse, comme vous.

L'impératrice la contempla, puis elle considéra le petit garçon qui se tenait immobile et l'observait.

— Je vous remercie de m'écrire aussi fidèlement, Amélia, même si je ne vous réponds pas. La mort me prend tous ceux que j'aime. Mon fils, le comte Andrassy cet hiver... Ma sœur Hélène, ce printemps. Je survis, entourée de fantômes. Je suis peut-être moi-même un fantôme, le fantôme de la petite Sissi de Possenhofen.

Amélia eut la délicatesse de garder le silence, mais elle étreignit avec tendresse la main de sa souveraine.

— Parlez-moi de vous, chère petite. J'ai été très affligée en apprenant le décès de la marquise de Latour, mais la décision de son époux à votre sujet, dont vous m'avez fait part dans un courrier, m'a surprise. Qu'en est-il vraiment, quelles relations avez-vous avec lui ?

— Amicales mais distantes, Majesté. Je veille sur sa tante Caroline et il m'en est reconnaissant. Le marquis s'est montré d'une extrême bonté. Il m'offre l'hospitalité aussi longtemps que je me plairai à Bellevue. De plus, il m'a promis d'assurer l'avenir d'Emmanuel, qui est son filleul.

— Il respecte ses engagements, déclara l'impératrice qui pencha la tête, admirant le manoir doré par le soleil. Edmond de Latour m'a semblé un homme étrange, un original, anticonformiste, comme l'était mon père bien-aimé. Je souhaiterais m'entretenir avec lui, Amélia.

— Nous le trouverons sans doute aux écuries. Une jument doit pouliner…

— Dans ce cas, je connais le chemin. Allez présenter Emmanuel à la comtesse. Elle sera enchantée de vous revoir, et dites au cocher que je ne serai pas longue.

Amélia se plia à la volonté de sa souveraine, cachant de son mieux le chagrin qu'elle éprouvait à la sentir si lointaine, en proie à une profonde mélancolie.

Une demi-heure plus tard, elles se firent leurs adieux, sous le regard intrigué d'un tout petit garçon, qui voyait sa mère pleurer pour la première fois.

*

Il fallut l'apparition de Colette, sur le perron, dans sa robe grise et son tablier blanc à volants, pour tirer Amélia de son immobilité. Elle avait suivi des yeux la luxueuse berline noire qui s'éloignait sans pouvoir se décider à reprendre le cours de sa paisible existence.

« J'ai peut-être rêvé, Sa Majesté est-elle vraiment venue ? Mon Dieu, combien j'aurais voulu la serrer dans mes bras, la retenir encore un moment… », se disait-elle, sourde aux appels de la nurse.

— Madame la baronne, le goûter d'Emmanuel est servi !

Enfin, les mots pénétrèrent son esprit. Elle déposa un baiser sur le front de l'enfant et lui lâcha la main.

— Va vite avec Colette, mon chéri.

Dès que son petit garçon eut rejoint la bonne, Amélia se précipita vers les écuries. Elle devait parler à Edmond, savoir s'il avait vu l'impératrice.

La jeune femme imaginait déjà le pire. Minée par les deuils successifs, rongée de chagrin et comme indifférente au reste du monde, sa souveraine avait pu reprocher au marquis la bizarrerie de la situation.

« Si Edmond lui a avoué, et il en est capable, qu'il loge dans le pavillon de chasse… Et si elle savait mon secret, ce secret d'amour que je protège de toutes mes forces… »

Un des palefreniers la vit accourir, essoufflée.

— Où est monsieur ? s'écria-t-elle. M. le marquis ?

L'adolescent, éberlué, lui indiqua le bâtiment central, réservé aux poulinières. Amélia se précipita à l'intérieur, surprise tout d'abord par la pénombre et l'odeur particulière du lieu, qui semblait désert, à première vue.

— Edmond ? chuchota-t-elle. Edmond…

— De ce côté, la stalle du fond, fit la voix du marquis.

Elle le découvrit accroupi dans la paille, penché sur un poulain couleur de miel. La jument, debout, reniflait son petit du bout des naseaux.

— Une pouliche ! annonça fièrement Edmond. Baptisée du joli nom de Blondine par l'impératrice d'Autriche en personne. Ne bougez pas, Amélia, je sors, la mère et cette frêle demoiselle n'ont plus besoin de moi.

Il leva la tête avec un timide sourire. Ses yeux d'ambre exprimaient tant de passion qu'elle tressaillit. Quand il la rejoignit, elle ressentit un élan irrépressible, posa son front contre son épaule. Ses bras d'homme se refermèrent autour de son corps de femme… Des bras doux, enveloppants et câlins.

Amélia s'abandonna. Elle n'avait encore jamais connu une étreinte aussi respectueuse. Le marquis embrassa ses joues, tout près des lèvres, délicatement.

— Excusez-moi, je n'ai pas pu résister, souffla-t-il à son oreille avant de s'écarter d'elle.

— Je ne vous en veux pas, avoua-t-elle, et ce serait à moi de vous présenter des excuses pour mon intrusion, Edmond. Mais j'ai été tellement surprise par la visite de l'impératrice, attristée aussi. C'était rapide, poignant, alors j'avais besoin de vous parler. Dites-moi la vérité, est-ce que je dois m'en aller, m'installer à Cognac avec Nanie ?

— Mon Dieu, calmez-vous, Amélia. Qui vous obligerait à partir ? Vous avez bien promis de ne pas me quitter ?

Edmond avait dû renoncer au supplice qu'il s'imposait depuis bientôt deux ans, car il dévisageait la jeune femme avec une expression d'assoiffé, de voyageur égaré enfin sur la bonne voie.

— Vous êtes si belle, ajouta-t-il. J'étais stupide de me priver de votre beauté, autant cesser de contempler une rose par crainte de s'égratigner à ses épines.

— Oui, il suffirait de ne pas y toucher, dit Amélia tout bas. Edmond, serait-ce indiscret de savoir ce dont vous a parlé Sa Majesté ?

— Je ne le pense pas, puisque vous êtes concernée. Sissi, car je préfère la nommer ainsi, a su apaiser mon âme. Comme elle s'étonnait et semblait me reprocher votre situation actuelle, je lui ai confessé mes tourments intérieurs et, sous son beau regard désespéré, je me suis senti libéré d'un poids étouffant. « Nous sommes des victimes de la fatalité, m'a-t-elle dit, et non des coupables. » Puis elle a ajouté d'une voix douce et grave : « Si vous aimez autant Amélia, il est temps de le lui faire savoir. » J'ai répondu que je suivrais ses conseils, mais que je risquais de vous mettre mal à l'aise, si de votre côté vous ne m'aimiez pas…

La jeune femme s'empourpra. Pourtant, elle trouva le courage de demander :

— Est-ce tout ?

— Pas vraiment, j'ai reçu l'ordre de vous épouser, si toutefois vous m'aimez un peu.

Le marquis souriait. Amélia se mit à trembler, d'émotion et de nervosité. Ils étaient seuls au fond de l'écurie, seuls dans la pénombre complice. Pourtant, elle n'avait aucune envie de sortir, de se retrouver loin du cercle magique où ils se tenaient tous deux.

— Edmond, je crois que je vous aime depuis longtemps, avoua-t-elle en se réfugiant contre lui. Gardez-moi près de vous, j'ai eu si peur que nous soyons séparés.

Il l'étreignit et Amélia savoura à nouveau, éblouie, exaltée, la chaleur de ses bras. Edmond déposa sur ses joues de légers baisers respectueux, puis il chercha la chair soyeuse de son cou et se fit plus ardent. Elle ferma les yeux quand il prit sa bouche, avec une infinie délicatesse.

Un bruit de pas, à l'extérieur, les ramena sur terre. Vite, ils s'éloignèrent l'un de l'autre, puis se sourirent, amusés.

— Nous sommes compromis, nota Edmond.

L'éclat de son regard démentait la gravité de la chose, ce qui attendrit Amélia. Le maître du domaine avait renoué avec le bonheur, il n'était plus l'homme taciturne, épris de solitude de ces derniers mois.

— Sauf si vous m'épousez, répliqua-t-elle.

— Il est vrai… Amélia, me ferez-vous l'honneur d'accepter une invitation à dîner, ce soir, dans le pavillon de chasse ? Un dîner aux chandelles, près d'un feu de cheminée.

— Volontiers, marquis.

— Je vous attendrai à huit heures, baronne.

Ils étaient comme ivres d'une joie farouche, après avoir souffert en silence chacun de leur côté.

Amélia quitta les écuries en courant. Elle pleurait et riait, incrédule, étonnée de ressentir un tel bonheur, qui avait déferlé sur son cœur avec la fulgurance d'un orage.

Elle s'arrêta sur le perron du manoir, haletante, et prit le temps de contempler le paisible paysage baigné de soleil dont elle chérissait les coteaux couverts de vignobles, la terre crayeuse, si blanche, les rivières argentées, les grands frênes.

L'Autriche était loin, très loin. Le manoir de Bellevue la garderait, elle, Amélia, sous ses ailes invisibles, faites du poids des ans, du souvenir des fêtes passées, de l'amour passionné que lui vouait le maître des lieux.

La jeune femme songea que son fils grandirait ici, auprès de l'homme qu'elle aimait et qui deviendrait son père adoptif. Emmanuel s'attacherait lui aussi à ce doux pays de Charente où elle avait trouvé refuge.

« Les saisons passeront, j'apprendrai à mon enfant à contempler les vignes de son domaine, quand elles sont d'un vert acide, sous la clarté crue de juin, puis pourpres et mordorées, sous le tiède soleil d'octobre qui les enflamme d'une lumière d'or. Et je lui dirai que, pendant l'hiver, la sève sommeille, réfugiée dans les racines noueuses, pour mieux donner l'éveil aux bourgeons duveteux du printemps. Et qu'il convient de goûter au raisin gorgé de sucre, aussi délicieux qu'un baiser. »

*

Caroline de Latour avait tiqué, stupéfaite, en entendant Amélia lui annoncer qu'elle dînait au pavillon de chasse.

— Est-ce convenable, ma chère petite ? s'inquiéta la vieille dame. Mon neveu a-t-il perdu la tête et vous aussi… Mon Dieu, j'ai dormi une partie de l'après-midi. Que s'est-il donc passé durant ma sieste ?

— Rien de particulier, Nanie. Ah, si, une pouliche est née, baptisée Blondine. Mais elle aurait pu s'appeler Nihiliste, ce qui signifie à peu de chose près « révolutionnaire », car un grand changement se prépare.

— Ce serait un nom bizarre pour une jument ! Sa Majesté possédait un étalon du même nom, si j'ai bonne mémoire. Mais de quel changement parlez-vous ?

La vieille dame haussa les épaules. Elle s'était aigrie et affichait souvent une humeur morose. Seules les pitreries et les câlins d'Emmanuel parvenaient à la dérider. Amélia n'y tint plus.

— Nanie, Edmond et moi allons nous marier… Pas dans l'immédiat, l'année prochaine sans doute.

— Seigneur, comment est-ce possible ? Moi qui ai tant prié pour qu'un tel miracle se produise. Alors, vous l'aimez, ma chère enfant ? Vous l'aimiez en secret, car vous êtes loyale et vous seriez incapable d'épouser un homme sans lui vouer un sentiment sincère. Venez m'embrasser, Amélia, ma précieuse petite Amélia. Je suis tellement heureuse et soulagée.

Jeanne, du couloir, avait surpris la fin de la conversation. La femme de chambre, ravie, s'empressa d'aller prévenir le reste de la domesticité.

— Enfin une bonne nouvelle, soupira la gouvernante. Il était temps que M. le marquis se décide.

En couchant Emmanuel, Colette lui dit tout bas à l'oreille :

— Dors vite, petit ange, tu auras bientôt un papa…

*

Amélia était presque prête. Elle avait choisi une robe qu'elle n'avait jamais osé porter au manoir. C'était une de ses toilettes de jeune fille, assez décolletée, coupée dans un tissu couleur de miel. Des passementeries rebrodées de petites perles ornaient le corsage qui moulait étroitement le buste, mais laissaient libres les épaules.

« La toilette dont j'étais si fière, le jour du baptême de la petite archiduchesse Élisabeth. Edmond la reconnaîtra-t-il ? »

Elle agrafa à son cou un collier en or fin et vérifia du bout des doigts l'ordonnance de son chignon, une lourde tresse relevée grâce à des épingles dorées. Enfin, aussi troublée que jadis, lors de sa première apparition à la cour impériale, elle observa son reflet dans le miroir de l'armoire. Sa propre beauté l'étonna, mais à se voir aussi belle, transfigurée par l'amour, elle se sentit neuve, lavée de son passé.

Quelques minutes plus tard, Amélia von Fairlik marchait vers le pavillon de chasse, dans la clarté bleuâtre du crépuscule. Son destin l'attendait au bout de l'allée bordée de buis.

Edmond guettait son arrivée, debout dans l'encadrement de la porte, auréolé de la vive lumière des flammes, vêtu d'une chemise blanche à large plastron, d'un pantalon noir. Ses cheveux mi-longs, noués sur la nuque, lui donnaient un air de héros romantique.

La jeune femme le trouva d'une rare séduction, d'une virilité émouvante, dont elle avait subi inconsciemment le charme dès leur rencontre.

Ils se dévisagèrent longuement. Edmond fit enfin un pas vers elle, en avouant :

— Que vous êtes belle, Amélia ! Vous avez réussi un tour de magie, ressembler à la ravissante demoiselle autrichienne que j'avais vue dans les fastes de la cathédrale de Vienne, il y a cinq ans. Vos yeux ont le même éclat passionné et joyeux que ce jour-là. Mais votre robe, on dirait la même…

— C'est la même, Edmond.

Il lui prit les mains et les couvrit de baisers, l'entraînant ainsi à l'intérieur.

— Ce soir, vous êtes la reine de mon modeste logis. Ciel, la même robe et vous enfin près de moi, belle Amélia. Depuis ce voyage en Autriche, vous étiez une blessure secrète dans mon cœur, mon âme. Pourquoi vous ai-je vue ce jour-là, parmi tant d'autres charmantes créatures ? J'en reviens encore au destin. C'était comme si un éclat de lumière avait capté mon regard. Je ne pouvais pas détacher mes yeux de vous, de votre grâce unique, de votre visage de madone. Et il m'a été impossible de vous oublier ensuite… Cela peut vous paraître insensé, pourtant, je suis rentré en France plein de doutes et de regrets.

— Edmond, je n'ai pas pu vous inspirer un tel amour en quelques minutes… Cependant, je sais que vous dites vrai. J'implore votre indulgence car j'ai mal agi. Votre attitude à mon égard me troublait. Aussi, pendant votre séjour à Royan, j'ai fouillé le cabinet de travail de la tour et j'ai lu un de vos carnets. Pardonnez-moi.

Il baissa la tête, surpris par cet aveu. Un papillon de nuit voleta autour de lui et disparut comme il était venu, dans un battement d'ailes.

— Vous êtes fâché ? s'alarma-t-elle.

Mais Edmond l'attira dans ses bras. Il reprit, l'air exalté :

— Non, amusé et ému. Les femmes sont curieuses, et peut-être avez-vous été touchée d'apprendre la constance de ma passion pour vous… Je vous pardonne de bon cœur. Savez-vous que le soir où Sophie vous a ramenée au manoir, je me sentais nerveux, impatient, comme si je pressentais qu'il allait se passer un événement important. Je vous ai reconnue tout de suite et j'ai été sidéré, assommé par la bizarrerie du destin. J'avais appris votre malheureuse histoire, la vie vous avait blessée cruellement et je me rappelle avoir pensé alors que je devais vous protéger, sans espérer être aimé de vous. Depuis, la fatalité dont parlait Sissi nous a malmenés. La mort de Sophie m'a paru injuste, je me suis senti coupable, avant de comprendre, peu à peu, qu'un tel accident aurait pu se produire même si je ne vous avais jamais rencontrée. Peu importent nos peines, nos deuils, je vous aime, Amélia.

— Et je vous aime aussi…, dit-elle.

Le visage grave d'un désir longtemps contenu, Edmond ajouta tendrement :

— J'ai hâte que vous deveniez mon épouse. Dînons, voulez-vous. Sinon je risque de perdre la tête à vous tenir ainsi contre moi.

Soudain, la jeunesse, la nature ardente et sensuelle d'Amélia eurent raison de la chape de sagesse, de sérieux dont elle s'était armée, durant des années. Fébrile, elle caressa le visage d'Edmond, ses cheveux, puis elle chercha ses lèvres, les yeux mi-clos. Il répondit à son baiser et, étroitement enlacés, ils se perdirent dans un merveilleux abîme de plaisir subtil, éperdus de bonheur.

Enfin, Amélia reprit son souffle pour avouer, éblouie :

— Je vous adore, vous êtes mon amour… et je veux être votre femme, maintenant, ce soir. Pourquoi attendre ? Et si jamais le destin auquel vous croyez tant décidait de nous séparer ? Souvenez-vous, la mort ne doit pas triompher, mais l'amour a tous les droits.

Il étouffa une plainte de joie. Dans ses bras, Amélia ne fut plus qu'une femme avide de caresses et d'extase. Edmond dégrafa sa robe, délaça ses jupons. Il fit tomber les fines bretelles de sa chemise de calicot rose. Elle dénoua ses cheveux qui se répandirent sur ses épaules en lourdes vagues brunes.

Lorsqu'elle fut nue entre ses bras, il parcourut son corps de baisers fiévreux. Elle, comme égarée, frottait sa joue contre sa peau, semée de poils très doux.

Les heures s'écoulèrent, les marquant tous deux à jamais. Edmond découvrit le véritable amour qu'il avait tant espéré, car Amélia se donna à lui corps et âme, tour à tour rieuse, prête à pleurer, haletante ou silencieuse, jamais lasse de leurs folles étreintes.

Au petit matin, ils s'éveillèrent toujours enlacés parmi le fouillis des draps. Amélia n'était plus la même. Edmond cacha l'émotion qu'un tel changement suscitait en lui. La jeune femme discrète et mélancolique qui avait habité son manoir en cachait une autre, gaie, audacieuse, sensuelle et câline. Elle riait, chantonnait en le couvrant de baisers passionnés. Lui, qui l'aimait déjà comme un fou, l'adora. Il remercia en pensée, du fond du cœur, la belle impératrice qui était venue dissiper les sinistres ombres du passé.

— Ma belle bien-aimée, dit-il gravement, vous me redonnez la vie, l'espérance et aussi un fils à chérir. Nous aurons le devoir d'être un couple uni, le devoir d'être heureux, pour lui offrir un foyer où règnent la paix et l'harmonie.

Amélia le dévisagea, se perdit dans son regard d'ambre, brillant de douceur et de tendresse. Au bord des larmes, elle se jeta à son cou et l'embrassa longuement. Il la serra contre lui, le cœur en fête…

Jamais rien ne les séparerait. Il en fit le serment alors que le soleil levant dorait les premiers coteaux du pays des vignes, leur pays à tous les deux, désormais.

Épilogue

Manoir de Bellevue, 11 septembre 1898

Emmanuel de Latour rêvait à la grande fête que son père, le marquis, avait prévu de donner à la fin du mois pour ses dix ans.

Le jeune garçon, brun, le teint hâlé, imaginait déjà le parc illuminé, le banquet dressé sous les arbres, le gâteau et le cadeau espéré, la jument Blondine, une bête docile qu'il adorait et montait déjà pour la promenade.

Il y aurait sa grand-tante, Nanie, respectable vieille dame un peu sourde, parfois très étourdie, ses parents chéris, ses petites sœurs, Eugénie et Sophie, et les enfants des fermes voisines.

Soudain, sa mère entra dans sa chambre. Elle, toujours gaie et rieuse, pleurait à chaudes larmes.

— Emmanuel, mon enfant, balbutia-t-elle en l'étreignant.

— Maman, qu'avez-vous ?

— Un grand chagrin. Je t'ai expliqué le jour de tes neuf ans que j'étais née en Autriche, près de Vienne. Hier, mon fils, la souveraine de mon pays natal a été assassinée au bord du lac Léman, en Suisse. Je devais te le dire, pour que tu pries pour elle. C'était notre impératrice, mon chéri, une très belle dame qui a beaucoup souffert tout au long de sa vie. Je l'aimais, Emmanuel, comme une mère. J'espère qu'elle a enfin trouvé la paix, au Ciel, avec les anges et tous les êtres chers qu'elle a perdus et tant pleurés.

— Je vous promets de prier pour l'impératrice, maman, le matin et le soir avant de me coucher. Mais il faudrait me dire son nom…

— Sissi, elle s'appelait Sissi, répondit Amélia dans un sanglot. N'oublie pas, Sissi, la petite Sissi de Possenhofen.

Table des matières

De la même auteure
aux éditions Calmann-Lévy :

L'Orpheline des neiges, 2010
Le Rossignol de Val-Jalbert, 2011
Les Fiancés du Rhin, 2012
Angélina. Les mains de la vie, 2013
Les Soupirs du vent, 2013
Angélina. Le temps des délivrances, 2014
Les Marionnettes du destin, 2014
Angélina. La force de l'aurore, 2015
Les Portes du passé, 2015
Le Val de l'espoir, 2016
L'Ange du lac, 2016
Le Scandale des eaux folles, 2016
Les Amants du presbytère, 2017
Les Sortilèges du lac, 2017
La Galerie des jalousies (3 vol.), 2017
Abigaël, messagère des anges (6 vol.), 2018
Le Refuge aux roses, 2018
Astrid, la reine bien-aimée, 2018
L'Orpheline de Manhattan (3 vol.), 2019

Le Cachot de Hautefaille, 2019
Lara (3 vol.), 2020
L'Amour écorché, 2020
Les Feux de Noël, 2020

mariebernadettedupuy.e-monsite.com
Groupe Facebook :
« Les amis de Marie-Bernadette Dupuy »

PAPIER À BASE DE
FIBRES CERTIFIÉES

Le Livre de Poche s'engage pour l'environnement en réduisant l'empreinte carbone de ses livres. Celle de cet exemplaire est de :
200 g éq. CO_2
Rendez-vous sur
www.livredepoche-durable.fr

Composition réalisée par Lumina Datamatics, Inc.

Achevé d'imprimer en France par
CPI BRODARD & TAUPIN (72200 La Flèche)
en janvier 2021
N° d'impression : 3041720
Dépôt légal 1re publication : février 2021
LIBRAIRIE GÉNÉRALE FRANÇAISE
21, rue du Montparnasse – 75298 Paris Cedex 06

85/7520/5